有了詩就不一樣

來讀《詩經》吧！

黃秋芳 著
Bianco Tsai 繪

推薦序

最美的書

洪國樑　臺灣大學中文系退休教授

二〇二一年二月，在紀念裴溥言老師百歲誕辰時，再次見到秋芳，距離上一趟陪裴老師到中壢看她，時隔二十年。她一點都沒變，原來是在「裴老師養生教室」找到祕訣：「一直都很努力」、「以付出為樂」、「活在當下」，這種養生秘訣，秋芳無疑是得到老師的真傳。紀念會選擇「如意」造型隨身碟；收納老師的《詩經》誦讀、手稿和照片，做為對老師的永恆懷思；秋芳很快又為古老的詩注入現代節奏，寫成《有了詩就不一樣：來讀詩經吧！》一書，做為對老師最有意義的百歲獻禮。

以現代詩情解說古典詩意

歷代詮解《詩經》的著作之多，用「汗牛充棟」來形容，也絕不誇張。秋芳這本書的最大特色，是在構思上別出心裁，完全跳脫高頭講章的窠臼，採取促膝長談的方式，如至親好友的傾訴心曲，又如名勝導遊的娓娓敘說，有真情的告白，也有典禮的歌唱，有歷史背景的述說，也有活動舞臺的鋪陳；是詩，也是畫，把讀者完全帶入詩的情境中，不覺而情為之移、蕩漾不已。

這本書，光看書名和各章標題，就已經是詩了，以現代詩情來解說古典詩意，對讀者發出聲聲呼喚！前兩卷，先用〈遇見詩：響在天地山河裡的歌〉解說地理背景，理解詩的成型；再循著〈聽見詩說話：屬於詩的美麗〉，從空間延續到時間的漫長和轉折，藉著感性的標題，搭築出理性的舞臺；第三卷〈風雅：交一個新朋友，叫做詩〉，從十五國風到小雅，挑出經典的十五首詩，和孩子們交朋友；最後一卷〈當詩經遇見現代生活〉，從生活中的成語、名句和植物，深刻感受，《詩經》彷彿已經和我們在一起了。

這十五首詩，可說是全書的靈魂，精巧的分成五輯。從「風聲——家是最溫柔的起點」到「戰亂——在不安中學會珍惜」，可以看到時代的動盪；從「深情——日常生活的美好」到「追夢——無論如何都要更努力」，表現出風雨中的一葉小舟般的溫暖和勇氣；直到「雅音——有我在的地方就有芬芳」，寫出個人和時代的相映相襯，在時空流轉中，清楚展現知性的脈絡。

如同小劇場的生動轉譯

秋芳說詩，套用詩的三疊形式，透出纏綿反覆的古風。她活用篇目標題，每首詩從「遇見詩」開始，為原典做充滿現代感的註釋；捨棄一般版本的逐句翻譯，用小劇場般的「聽見詩說話」，生動轉譯。最後的生活演繹，結合兒童觀點和文化情調，在《詩經》和孩子間，建構出溝通的橋梁。有趣的是，還從軟萌的寶可夢、三麗鷗、趴趴熊、烤焦麵包；閱讀的英雄系列、奇幻戰記、金庸小說；多元的音樂、繪畫、電影、You-tube；充滿暗示的白日夢、魔法鏡子、迷宮解謎；甚至從「青蒿素」諾貝爾獎聯想到蒿蔚，並置神話傳說和網路笑話，真的讓孩子們「交一個新朋友，叫做詩」。莊嚴的「小雅」，到了秋芳筆下，變得活潑輕快；〈鹿鳴〉變成校長致詞的「座右銘」，〈采薇〉是全校總動員的奇幻小說，〈蓼莪〉是作文技法的全面演示；漫長的文學史，類比成筆記本的「角落塗鴉」，整合成「角落生物」，持續發展出「角落小夥伴」。這些充滿個性的獨特詮釋，傳遞出豐富的內涵，把詩的素樸古雅翻轉成日常親切。

本來形而上的精神之美，落實在生活的理解和奮鬥，洋溢著堅韌的活力，不只引領著孩子，以更深邃的智慧和更強大的勇氣來面對未來考驗，也很適合親子共讀，找到共同的議題交流對話。許多遊走在求學、職場、人際困境、傳統約束，以及長達千年文學承續的穿錯思索，形成柔軟的想像，跨越閱讀的年齡限制，讓疲倦的人，在迷途孤立中找到溫暖的支撐，也讓熟年後慢慢沉寂的憔悴憊老，找回青春盎然的童心。

秋芳的內涵、活力和想像，不禁使我想起我的恩師裴老師。我傳承老師的《詩經》研究，跟著她吟詠、記譜，為古典歌詠注入寫實精神和生命韌力，而秋芳之所以選在老師百歲時寫成這本書，也正是這份心意。

老師退休後移居美國，還常與我聯絡。二〇一〇年，德國萊比錫舉辦已有近百年歷史的「世界最美的書」評選，有三十二個國家和地區，共六百三十四種圖書參選，最終，由向熹譯註、劉曉翔設計的《詩經》奪魁。老師在美國報上看到這個訊息後，其興奮可想而知，並不忘與我分享。不知道下一個百年，「世界最美的書」，又會變成什麼樣子？希望秋芳的這本書，能創造出一個嶄新的機會，讓我們再一次認識《詩經》這本「最美的書」，跳脫數位進化，回溯簡單素樸的感情。

來讀《詩經》吧！讓我們感受生命，珍惜生活，用「一直都很努力」、「以付出為樂」、「活在當下」，妝點出永恆的美麗。

自序

讀詩，學習的超級法寶

黃秋芳

孔子好厲害啊！都快兩千六百歲了，我們還在誦讀他的「教學日誌」，年年為他唱歌、跳舞，盛大慶生，只有被抓到慶生會當「吉祥物」的智慧牛，非常憂鬱，人人都要拔牠的智慧毛，尤其是牛頭和牛耳，毛被拔得特別多，害牠回到家都要痛上好幾天，但又有什麼辦法呢？為偶像付出牛毛，就是牠的「專業」啊！

興、觀、群、怨，而後心甘情願

說起孔子的綽號，真的是史上無敵。「至聖先師」和「萬世師表」，已經夠嚇人了，還被封為「素王」，沒有冠冕，無須軍隊，便足以和歷代英雄平起平坐。好多人對他這種睥睨古今中外的至高「戰鬥力」，崇拜得不得了，他總是呵呵一笑，捧出一本書和大家分享：「我有法寶。」

這本書，就是《詩經》。書看起來很厚，記錄了整整三百首詩！但是，他笑瞇了眼睛說，讀詩啊，只有一句話，就是「思無邪」，如一顆明珠，不沾灰塵，不怕夜暗，跟著每一首詩，先「興」志，找出自發的熱情和努力；再「觀」世，認識世界，領略天地萬物變化；繼而理解更多人，學會合「群」，察覺人際變動；最後從鋪天蓋地的悲傷中紓

「怨」，了解自己並不寂寞。

這趟「興」、「觀」、「群」、「怨」的學習旅程，讓我們活得「心甘情願」。從家庭生活的珍惜和付出，延伸到對社會國家的關心和奉獻，最棒的是，還可以認識各種各樣獨特的鳥獸蟲魚草木，打破無聊，活得新鮮生動！

所以，無論在教室或戶外教學，甚至是學生的社群討論，大家的「學養修煉」，都以讀《詩經》做起點，學會禮儀，最後接受跨語言、跨國際的音樂薰陶，興於詩，立於禮，成於樂，綜合發展知識、能力和態度，享有熱情、快樂又有價值的每一天。

讀詩，學說話的藝術

孔子不只選了這本史上無敵教科書做學習教材，還為它親自編寫「使用說明書」，讓學生們不斷精進，這才叫超級法寶啊！

他先提出共通法則，透過詩的暗示，比喻、對比、類推，讓大家學習「說話的藝術」；再因材施教，為不同的學生引用詩句，修潤行為；無論讀詩、研究歷史、禮儀講究，都端正用語，絕不使用方言，更不隨便套用流行話，以此建立起歷久不衰的情感密碼。看到誦詩三百卻不會活用的學生，事情做不通，話也說不好，他就特別擔心大家「死讀書」，強調學習不能貪多，一定得好好整理、消化，才能吸收運用。

最重要的，他藉由簡單的「詩評」，示範寫作業、做報告的要領。從浪漫的第一篇詩〈關雎〉，延伸到實際的生活省思，節制情緒，和天地人事的起伏相應，快樂而不放蕩，哀愁而不傷慟；在生命的流動中，看見美好，同時也看見失落，才能在悲喜過後，繼續往前走去。

就像智慧牛，接受拔毛的痛苦後，沿著一條河，吃草、泡澡、散步、聊天，一路向前，遇見甜蜜喜樂，還有好多原來不認識的朋友……。

有時候我會猜想，教我讀《詩經》的老師——剛過了百歲生日的裴溥言老師[1]，是不是也曾經在河邊遇見散步的智慧牛？還是曾通過更神祕的「仙緣」，獲得孔子的超級法寶？所以她能夠重新為《詩經》編製出溫柔而充滿生命力的說明書，讓我們超越實用，看見純粹屬於詩的美麗。

記得第一次見到裴老師，是在國立藝術館聽演講的風雨夜裡。她從疾風暴雨中走來，幻現出溫暖光色，鑿開時空祕徑，我的嚮往和追尋，就通過那個入口，坐上無限列車，透過一首又一首詩，學會珍惜自己、熱情奉獻，看世間所有的溫柔共振，重新流向更寬闊的天地。

❶ 裴溥言：筆名普賢，山東諸城人，臺大中文系教授，著有《經學概述》、《詩經研讀指導》、《詩經相同句及其影響》、《詩經疊句欣賞研究》、《詩經評註讀本》和回憶錄《溥言雜憶》，夫婿是知名中華民國外交官、印度文化研究者糜文開，合著《詩經欣賞與研究》；退休赴美後，設「國學講座」義務講授《詩經》、《左傳》、《史記》、《論語》、《孟子》等課。

有詩，就能捱過壞天氣

我深深愛上《詩經》，不僅自己讀，還籌辦讀書會和大家共讀，更長期和孩子們一起，走進「關關雎鳩，在河之洲」的美麗水岸，傾聽縈繞在天地間的情歌，闢出寧靜的時光隧道，慢慢靠向美好。

隨著全球瘟疫延燒，恐懼和疏離讓我們陷入前所未有的孤單年代。回望人生旅程，我們多半從天真、快樂的好天氣出發，經歷不同的生活樣貌，走過沉重艱難的人生稜線，顫顫巍巍，一路少不了壞天氣。這時，我就會聽到裴老師呼喚幸福的通關密語：「來讀《詩經》吧！」

想起〈王風．君子于役〉裡的詩句：「君子于役，如之何勿思？」不知道從什麼時候開始，我也像裴老師一樣，擔心起孩子們的未來，盼著大家都要好好的，在每一天結束後，如夕陽溫緩，安安穩穩的守著一個完整的家，「苟無飢渴」，成為最美的祝福。

反覆讀著千百年來始終不曾改變的孤寂和掙扎，就覺得無論好天氣、壞天氣，只要一直堅持下去，就能找到屬於我們自己的深情和勇氣。

目錄

卷三

風雅：交一個新朋友，叫做詩

卷四 當《詩經》遇見現代生活

卷一

遇見詩：

響在天地山河裡的歌

從一個好天氣開始

好天氣，淡淡的雲，涼涼的風，帶著溫柔的心情，展開《詩經》的文學旅行。世界很大，很美，有無限的可能值得我們去探索，像寶可夢的神奇旅程。

還記得小智收服的第一隻寶可夢，是從綠毛蟲開始的嗎？綠毛蟲進化成鐵甲蛹，轉而變身為最終形態巴大蝶，再發現好大一群巴大蝶在天空飛翔時，世界就不一樣了。為了讓剛轉型的巴大蝶找到伴侶，小智帶著他租的熱氣球，騰飛到空中，仰望巴大蝶群舞的自由和美麗。小智的巴大蝶愛上群舞中的粉紅巴大蝶，但是一連串翔舞、吹飛、撞擊的「求愛表演」全都失敗了。最後，在和火箭隊對戰中，他勇敢解救所有的巴大蝶，粉紅巴大蝶才接受他。在小智的祝福下，巴大蝶與粉紅巴大蝶翩翩雙飛，迎向自由的天際。

這是小智第一隻收服、第一隻進化、第一隻達到最終形態、第一隻交換、第一隻放手的精靈寶可夢。因為交換，經歷「失去」的眷戀和痛楚，才讓他學會珍惜好朋友，努力找回綠毛蟲；但也因為珍惜，才懂得在愛中成長，協助進化成巴大蝶的老朋友找到伴侶。現實生活中的「失去」，成為記憶裡的「擁有」，看好朋友飛翔在空中，淡淡的雲，涼涼的風，小智的生活不再只是生存和戰鬥，過去的依賴和親密，「進化」成關心和了解，世界也因而變得更溫柔、更美好了。

這就是《詩經》的起點。從一個好天氣開始，在遙遠、野生，距今好幾千年的「很久很久以前」，我們剛知道：「喔！住在樹上比較安全」、「這些野豬肉用火燒過比較好吃」、「咦？下過大雨後凹陷的軟土變硬了，裝起水喝，可以裝得比較多耶！」……生活充滿發現的驚喜。

一個又一個小部落，不斷和天災搏鬥，和動物競技，所有的時間都為了活下來而努力，很可能一整天磨啊磨的，磨了一天又一天，磨了幾個星期又幾個星期，直到把石頭磨尖了，再用一個星期、兩個星期的時間圍捕狩獵。好不容易抓到一頭羊，就靠那一頭羊活了幾天；接著再繼續工作、捕獵、飲食、飢餓。生活在原初年代的人，脾氣、情緒，甚至情愛都很少，唯一最重要的工作，就是活著。

心靈被美喚醒，就有了詩

無論吃的、用的，所有的食物和工具，所有的記憶和經驗，經過摸索和整理，人們相互支援，直到長成一個家、一個部落、一個族群、一個國家，甚至是一整個世代。通過重重考驗之後，總算讓大家覺得安全，產生信任。心安定了，才能從緊繃著戰鬥和逃亡的恐懼裡掙脫出來，對世界的摸索和感受，才能多出一點點縫隙。

就這樣，遇見一個好天氣，有人走過河邊——可能因為豐收，或者因為世界這麼美麗，我們並不確定真正的原因——在那個神祕的「魔法瞬間」，聽到小鳥兒的叫聲，而忍不住驚喜讚嘆：「世界上，怎麼會有這麼好聽的聲音呢？」

此時此地，這個「普通的人」，忽然就變成「詩人」

了。他的心，像一個小王國，住進了一些「新房客」。除了原來為了好好活著的「求生」大將、「戰鬥」元帥之外，開始搬進藝術家般的「溫柔」小仙、「愛」小神，還有一個藝術家中的藝術家，簡直像隨時會隱形變身的房客，叫做「美」精靈。

因為發現美，懂得愛，學會溫柔，生命安定下來了。「心世界」像陽光初升，露出光亮，閃現著嶄新的希望和好奇。輕盈的鳥唱，不自覺鑽進耳朵，我們的眼睛跟著亮了，努力尋找聲音來源，看到一對小鳥兒這麼親密，這麼開心，小小的嘴巴啄呀啄的，接著又從這對小鳥兒延伸到四周。哇！視野開展，世界好像換了顏色，河這麼美，天空這麼藍，這片草原怎麼這麼綠啊！

當我們覺得這世界美得不得了時，就產生想要「共有」、「分享」的渴望。這種超越生存必須的「幸福需要」，一旦浮出腦海，就開啟了人與人之間美麗的聯結，這就是「詩」的萌芽，也就是在吃喝生存之外，創造了「世界可以很美麗」的起點。

仔細看看「詩」這個字，在「言」的基礎裡，藏著「寺」的聲音。「寺」這個字，最初寫成「」，下半是「手」，上半是代表腳印的「之」，手心裡捧著腳印，可見，每一步都要小心。後來，文明發展建立起規範制度，「寺」這個字變成「」，上半部還是腳印，下半部的手上卻多了塊「官符」，這便是公務人員的「身分證」，也就是現代職場上人人戴在脖子上的「晶片識別卡」。身為「人

民公僕」，大家必須更小心、周到才行；後來延伸到所有修身持戒的人，「詩」的意義就「進化」成溫柔教養。當我們觀看自己的舉止言行，在應對進退間有所感、有所思，內心有話想說，而後化成詩，那便是我們最內在的情意和吶喊。

就像小智，和巴大蝶說「再見」以後，從此不曾再相見。不過，綠毛蟲、鐵甲蛹和巴大蝶的各種身影，經常倒捲回記憶裡，有一點點甜美，一點點悲傷，還有很多不斷在「進化」的思索和理解，慢慢變成生命裡的「詩」，藏著豐富的情感，讓他的心變得更溫柔。也因為這麼多愛他，與被他深深愛著的人，才讓他在近三十年的寶可夢旅程中，勇敢選擇和行動。

來讀《詩經》吧！

有了詩就不一樣。我們可以透過詩，和幾千年前的古人交朋友，來一場比「寶可夢」更寶貝、更夢幻的浪漫旅程。

第一座向太陽打招呼的山

我們生存的土地，決定了我們怎麼生活，框限了我們大部分的活動和記憶。比如，有一個地方湧出一泓永不匱乏的泉水，日久就會在傳說裡形成「仙水」、「仙山」。一顆帶著點臉型想像的石頭，會變成「慈母石」、「望夫石」。一個腳印，鋪陳出歷久彌新的「仙跡岩」……這就是地景對人文的影響。

同樣的，我們的生活，我們的心情，我們創造出來的記憶，也會回過頭來影響土地的故事。一座相似的山，貧窮而需要存活下來的偏遠地區，會把這座山看成「乳姑山」、

「筍山」，期待著豐富的乳汁、沛然竄長的食物，那是所有滋養的起源。到了健康活躍的山間部落，會有「象山」、「猴山」這些動物世界的聯想。富庶一點的生活圈，就會賦予文明的期望，像「福山」、「觀音山」。到了更文明一點的地方，會妝點成「筆鋒山」、「文華山」，穿插著知識和信仰的力量。

這種不斷在變化，不斷在相互影響的「空間硬體」，與我們的「生活軟體」，緊密關連在一起。所有的歷史、人文、地景，同時在我們穿行走過的記憶裡，刻畫出美麗的疆域，可以說，土地的印記一如生命的印記，每一縷刻痕，都是「我們曾經這樣活著」的證據。

這些永遠不會改變的存在，提供豐饒的「想像土壤」，充滿了各種「說不完的故事」。只要多一點關心和了解，我們就會發現，神話故事，開天、闢地、造人，多半沿著一條容易氾濫的河在開展：恆河是印度的聖河；尼羅河的氾濫，形成埃及平原的肥沃；底格里斯河與幼發拉底河的沖刷，造就美索不達米亞的文明……。

黃河也是這樣，最初，在充滿偶然的狀態下，人們靠著氾濫河水帶來的營養開始存活，生命在滅絕裡發現生機。面對大自然的神奇和壯闊，微弱的我們，變得特別謙卑和虔誠，所以，我們看著「河」這個字，特別像看著一段又一段古老的傳說故事。「水」的意符裡藏著「可」的聲符，「可」的古字寫成「」，一張「嘴巴」依傍在長長彎彎的「神桌」邊，用來表現「在神明面前歌唱」那種纏綿曲折的情味，有很多人都認為這個字就是「歌」的古字。

那山那河，曾經的歷史現場

很長一段時間，在孕育於中原土地的漢文化中，「河」代表的就是「黃河」。在漫長的遠古時間，人們感謝黃河又畏懼黃河，因而延伸出「為水歌詠」、「聽一條河在唱歌」的深沉情懷。循著這條河，彷彿標出一條「時間線」，隨著悠悠流光，一點點、一點點的慢慢回溯，坐一葉窄窄的「流光小舟」，回推到一千年前、兩千年前、三千年前……還原到最早、最早，我們對這世界的試探、理解，以及任何山川變化都還不能充分理解的「歷史現場」。

在這個「遙遠的古代」，人們想像的「世界」，只抵達

黃河從黃土高原流向黃淮平原的小小轉折。這個轉折，就是**首陽山**，一座永遠在迎接陽光的山。

首陽山的標高，和臺灣的阿里山差不多，不過，它位在古絲綢南路上的起點。喀斯特地貌映著陽光，像一顆標示地界的珍珠，從西而後，所有的山都往上拔高，等於是山的領隊，領著連綿的大山矗立在這裡，像神祕的「守門山」，人們所能理解的「現實」，這裡就是盡頭。再叛逆的黃河，都不得不屈服在大山之前，轉了個大彎，繼續向東流去。

那些我們在地圖上看起來很熟悉的馬蹄形黃河河套，遙遠的沙漠、沼澤，以及綿延得更遙遠的高山河流，在原始初民心裡，都只是神話想像。有一些負責測量的公務人員，混著一些旅人相互分享的神祕傳說，寫成《山海經》，其中有好多奇珍異獸，都成為後來奇幻故事的源頭。山的古字「」，如一幅圖，很少單峰存在，總是相續不絕，常成為地區和地區相互交流的障礙，但也變成一個又一個部落獨立生活的安全保障。

傳說，最早占據歷史舞臺的「商」，生活在首陽山往東；而日後取而代之的「周」，就生活在首陽山往西。當武王準備伐紂時，想要越過黃河，首先就得越過首陽山。住在首陽山的伯夷、叔齊，同樣也成為一個「必須橫越的中界點」，他們跪在馬前，要求武王不可以伐紂。

當體制崩壞時，總會有一些人搶著維護，他們渴望一種「中流砥柱」的力量，永遠維持在那裡，只是每個人選擇的方式不盡相同。武王用一種「開新」的方式來宣告我們想要好好活下去；伯夷、叔齊用另外一種「尊古」的方式，宣告我們想要好好活下去。武王選擇「伐紂」，伯夷、叔齊選擇「不食周粟，餓死於首陽山」；這種對照，宣告了華人——尤其是沿著這條河的民族——常站在「選擇的兩端」拉鋸。

我們最重要的學習，不是在兩極中找出正確答案，而是帶著寬容與同理心，認真了解不同位置、不同視角、不同觀點的選擇，像黑夜裡的螢光，一亮、一閃，每一種答案都可以接受。

讀《詩經》，就是藉由原始初民的真實歌詠，融入這個最美的深情世界，在節奏愈來愈快的現實生活中，放慢速度，感受美，珍惜「好不容易活著」的幸福，找到讓我們安定的力量。

當我們累積了充滿詩意的「知識」做為滋養的土壤，就能長出想像力的翅膀，飛溯回古老時代，鑿開天窗，看不同時空的螢火映照滿天星夜，閃爍著文明各種各樣新鮮有趣的樣子。這樣不是很幸福嗎？一點一滴，形塑現在的我們，並且在未來創造出更喜歡的自己。

藏在地圖裡的故事

從一條河、一座山的轉折開始，在小小的黃河邊，發生過不知道多少次的瘋狂戰爭。從最早的火神祝融和水神共工開始，共工怒撞不周山，天塌下來了，洪水氾濫，累得女媧不得不日以繼夜補天；還有啊，黃帝和蚩尤大戰於涿鹿，鬧到天昏地暗……。

隨著版圖愈來愈大，戰爭愈來愈多，傳說的版本也跟著愈來愈多。周朝以前，殺戮是功業的保證，也是活下去的必要，直到周公為武王制定禮節法令，文明形成重大轉彎，不再殺戮，而是把商朝遺民遷移到舊都「殷」，集中管理，安排武王的弟弟管叔、蔡叔、霍叔就近監視。

這些安排，藏著一些原來想像不到的人性矛盾，成為後來戰爭的溫床。附近小部落的首領們，常鼓動商紂王的兒子武庚：「商是君，周是臣，做臣子的，怎麼可以逆反商帝！這樣的人生，這樣的歷史發展，對嗎？」一面又不斷向管叔、蔡叔、霍叔蠱惑：「你們是武王的弟弟，難道就這樣安於被統治、管理嗎？」

管叔、蔡叔喜歡喝酒，喝到醉醺醺時，理性瓦解，清醒的意識迸裂出很多縫隙，什麼話都可能滲進去。最後，應該效忠周武王的這兩個弟弟，反而和武庚聯合起來叛反武王。周公親自率軍長征，足以讓我們想像出好幾本曲折漫長的系列《周公戰記》。好不容易平定「管蔡之亂」，周朝的軍隊更沿著黃河一路向東，直到臨海，整頓了七十幾個小部落，這是中國第一次出現「統一政權」。

十五國風，搭起詩經大舞臺

周公深怕再有任何叛亂，小心訂定禮制、規範，把土地分成一小塊、一小塊，大肆分封家臣故舊，裂生出一百多個國家。這些原來各自獨立的部落首領，在小小的土地上矮化成諸侯，彼此牽制，總算確立了「王」的絕對地位。周公的封地在「周南」，弟弟召公的封地在「召南」，兩個人聯手守住核心王都；好不容易打到最遙遠，最管不到的東方海岸邊界，封國為「齊」，交給聰明而忠誠的姜子牙，雙邊翼護著這個新興政權，希望周朝天下可以永垂不朽。

從首陽山河曲處北岸向東，有「邶」、「鄘」、「衛」的殷商故居，展現出遠較其他地區更卓越的文化水平，當然也比較多衝突，比較多凌亂痛苦。我們翻開《詩經》，讀到〈邶風〉、〈鄘風〉、〈衛風〉，其實都是同一個國家——衛國，只是他們是分別獨立的小部落，在曲調上有所差異。所謂的「風」，指的就是民俗歌謠的流通，像風一樣，人人傳唱，成為當地很普遍的流行歌曲。

周公的「周南」和召公的「召南」，是《詩經》萌芽的舞臺。旁邊有一個城市叫「雒邑」，就是後來的洛陽，平王東遷，緊貼雒邑王城的「鄭」。「勤王」有功，得到很多王權的優待，鄭武王因緣際會，迅速崛起於春秋戰國正在轉彎的歷史舞臺上，人們生活悠然，公務員認真守法。「鄭風」

的歌謠，溫柔嫵媚，看得出人們的生活曾經像小小的幸福桃花源。

周南、召南在大一統的國勢裡，明朗自由的生活。國都東遷後，王畿(ㄐㄧ)生活不配再稱為周南、召南，跟所有的諸侯一樣，只能稱為「王風」。王風的位置，從周南舊址開展出來，這是負載在「十五國風」背後的時空重量。

對照地圖，我們對文明初生的地理背景和歷史糾纏，多出一點點了解，才有能力用「現在的知識」去想像「古代的情意」，也才有機會用「整體」的概念，領略詩中所有的吟詠、解釋和選擇。

黃河轉彎處的首陽山，往西可以看到「豐」京和「鎬(ㄏㄠˋ)」京；再往西，就是「秦」，周朝祖先的故土。隨著部落的壯

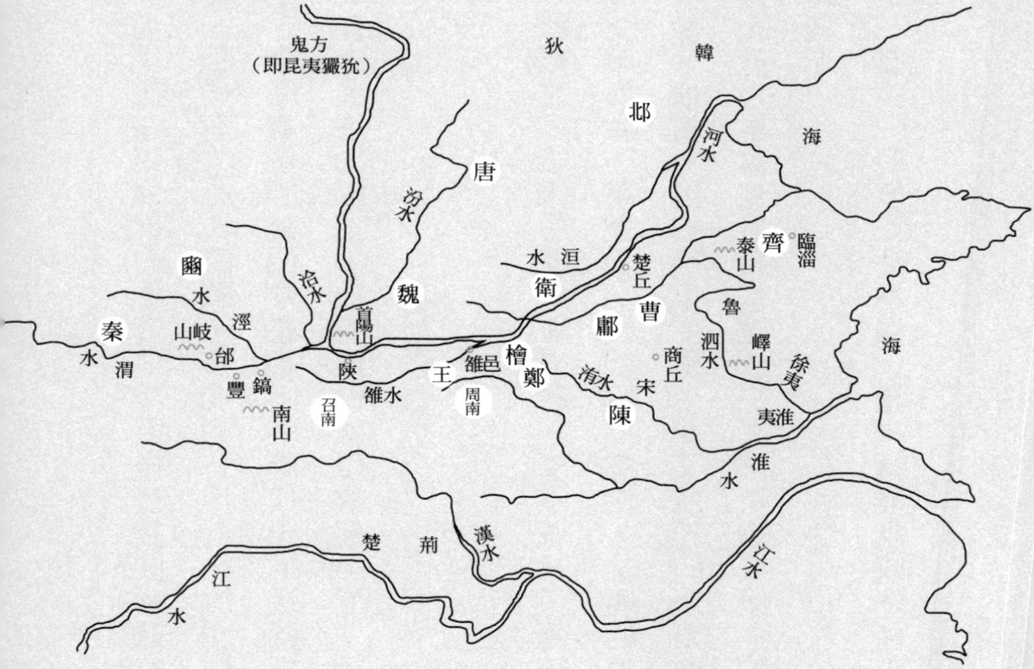
鬼方
（即昆夷玁狁）
狄
韓
邶
海
河水
唐
汾水
水 洹
齊
臨淄
泰山
楚丘
衛
豳
洽水
魏
曹
鄘
魯
水
涇
秦
山岐
首陽山
邰
泗水
嶧山
海
檜
商丘
雒邑
陝
水
渭
豐
鎬
王
鄭
洧水
宋
徐夷
雒水
周南
召南
南山
陳
夷淮
淮
水
漢水
楚
荊
江
水
江水

《詩經》地圖

大，人們渴望住在更富庶的地方，文王慢慢拓展到豐京。武王極盛時，把所有文化、禮教、宗廟的「傳統」放在豐京，遷都鎬（ㄏㄠˋ）京，發展嶄新的政治中心走向「現代」。這就好比，我們如果住在貧瘠的山上，找到機會就想搬到山下，壯大了就想搬到城市，更壯大了就想搬到更大的城市，然後更壯大，再到更大的城市……。

豐京和鎬（ㄏㄠˋ）京，後來發展成並立的「雙子城」，傳統與現代在牽制與平衡中不斷進步。我們可以想像，文明的力量兩兩相對，像一棵樹，渴望牢牢生根，卻又瘋狂的想要伸長，就在滲透和整合累積到足夠基礎後，豐京和鎬（ㄏㄠˋ）京便匯整出長安古都的輝煌。

聽過「長安」嗎？這個地名，後來又變身成好多小說、電影、電視劇的舞臺。讀《詩經》，就是要和「此時此地」聯結，想像著歷史時空，也在記憶裡勾出自己的「現場感」。

無論是讀歷史、地理、詩、小說，如果缺少真實生活的參與感，就會很難享受其中。不妨運用聯想，像VR顯像般直接「進入」想像世界，這樣讀《詩經》，讀起來就特別有趣。

卷二

聽見詩説話：

屬於詩的美麗

世界有了詩就不一樣

愛因斯坦提出「想像力比知識更重要」的關鍵原因，不是知識不重要，反而是因為知識太重要了！我們必須先愛上知識、享受知識，感受知識原野裡那種無邊無涯，永遠還可以更豐沛的翻滾活力，才能深刻咀嚼出這個「更」字；明白在這個世界上，知識形塑一切，想要打破侷限，重塑更多可能，就得靠想像力這種「超能燃料」，掙脫僵固，領著「知識」，飛向更遙遠、更美好的翻新和驚奇。

「知識」是成就一切的滋養土壤，我們準備好了，才有機會讓「想像力」這顆種子抽芽、茁長。熟悉《詩經》地圖，就是一種必要的「知識」，讓我們比較能夠「想像」出一種充滿「現場感」的空間理解，接下來，才有機會回溯《詩經》的時間背景。

遙想古老的時代，「商」不過就是一個小部落，想要蘊養出浩瀚深厚的文明，還需要更多的交流和滋長。真正的文明，就是從交流開始。阿拉伯世界的民間故事集《一千零一夜》、印度古老的寓言故事《五卷書》、化陳舊為新鮮的《拉封登寓言》，這些迷人的故事，都在文化交流中，激盪出超越日常生活情調的文化交會。

周朝和商代最大的不一樣，就是商代時小部落各自獨立，像一顆顆的珍珠，後因周公長征，這些珍珠全都串起來了，也許串出小小的耳環、戒指，也許串成手環、項鍊。這些技術和情感上的交換，讓人們發現：透過專業分工、貨物流通，生活會變得更輕鬆。如果吃的、穿的、住的，我們所使用的一切，都要靠自己一個人完成，時間永遠不會出現「餘閒」。由於交流，啊，會做飯的做一大堆，會做衣服的做一大堆，會做房子的做一大堆，大家交換，工作變簡單，就多出剩餘閒暇的時間，才可以去做喜歡做的事情。

餘閒出現，文化交流就從「生活技術的交換」，提升到「情感藝術的分享」，人們開始感知到愈來愈多與生活必需品無關的「快樂」。

當時認識字的人，只有貴族，貴族擁有的資源多，支援的人力也多，擁有的「餘閒」自然也比一般人更多。為了追尋「更美好的生活」，這又創造出一個新的可能，就是「文學」。文學的成形，當然不是靠周朝的行政統一建立出來，而是經過不同的地方、不同的人，交流、統整，又再交流、統整……累積了很多人共同的感情經驗和生活模式而成。這就是《詩經》成形的時間背景。

國風是心曲，雅、頌是事錄

人們開始享受詩的美好，慢慢發展出「風」、「雅」、「頌」三種不同型態的歌謠頌讚。十五國「風」是一種**心曲**，在不同的地域表現出不同的風貌，歌詠著辛苦的人、憔悴的人、傷心的人，或者是各種不同形象的女子，由衷從心裡浮出來的感受。「雅」、「頌」，則是**事錄**。〈小雅〉和〈大雅〉，分別表現宴飲之歌和朝會之歌。「頌」則保留每個國家的公文紀事，用華美的文誥記錄繁華盛事。

當孔子決心把階級封閉的貴族教育，擴大到有教無類的平民教育時，找到一個提升貴族氣質的「法寶」，就是——**來讀《詩經》吧！**而且孔子解釋得很有智慧：「不學詩，無以言。」

當世界有了詩，人們表達感情的層次，就更隱晦，更曲折，更值得反覆猜測，還可以不斷添進更豐富的意涵，讓人咀嚼、思索，愈來愈感受出深邃的餘味。

就以第一篇詩來看，表現私人心曲的〈周南．關雎〉，成為最經典的第一篇「風」：

關關雎鳩，在河之洲。

從小鳥兒的天際翱翔、自由清唱，聯想起愛的追尋、禮的節制、心靈的契合和家庭組合的親密靠近。

表現公務事錄的第一篇〈小雅．鹿鳴〉：

> 呦呦鹿鳴，食野之苹。

此起彼應、溫婉和諧的鹿群，自在悠遊於大自然，鹿角如樹枝，象徵著土地的勃然滋長，賓主互動、君臣禮儀和階級的分工和分際。

「風」和「雅」的各種詩篇，常成為表達心情和公務的暗示，婉轉含蓄，促成人際和社會和諧，所以「風雅」就成為一種禮貌和教養的典範。

我們對一些高雅的外貌、端莊的舉止與美好的人性，以及在日常生活中需要靜靜感悟的時間——像焚香淨氣、恬澹品茗、閒情聽雨、高潔賞雪、清心候月、蒔花侍草、雲遊尋幽、吹簫撫琴、吟詩作畫、登高遠遊、對酒當歌——這些不必多說，卻可以感受到深沉快樂的活動，都會覺得「風雅」。

十五國風、小雅的詩篇，成為「風雅」生活的滋養。反倒是國家傾全力精心打造的「頌」，慢慢被遺忘。

人生的變化，本來就藏著各種意外。我們讀著各種歷史故事時，看不同時空的人，拚命把自己丟進一場又一場恢宏的奮鬥。然而，無論創造出多麼偉大的功業，多少年後往往就被忘記了；反而是一些表現在小地方的細膩、溫柔，我們

與人互動的一兩句話，通過時間篩（ㄕㄞ）汰，被保留了下來，因為我們容易被親密的情感打動。

這就解釋了為什麼有這麼多精采的《詩經》作品，我們都不知道創作者的名字，因為當時都只是簡單的真情流露，並不是為了被記得。我們讀詩，不需要知道作者。忘掉現實，沒有目的，只是靜靜的、靜靜的誦讀，感受詩的美麗，詩就成為和現實毫不相涉的「純粹存在」。

進入詩的世界，就是一段最美好的旅程。通過詩，我們才發現，自己的身體像一個樂器，有不知道的感情在撥弄我們，使得我們發出聲音，發出韻律，發出各種不同感覺的波動……。

在記憶裡玩「連連看」

讀《詩經》最開心的，就是在記憶裡玩「連連看」的遊戲，找到一些和真實生活相關的對照和聯想。翻開第一篇詩，誦讀「關關雎鳩（ㄐㄩ ㄐㄧㄡ），在河之洲」，想像自己走過一條河，看小鳥兒飛過，視線延伸到遠方，好像看得到漂亮的水邊，有漂亮的山和漂亮的草；在這一大片絕美的世界，只要有朋友，每一天都可以在水邊玩、玩、玩，這樣不是很棒嗎？

回想一下，曾經很近很近的觀察過小鳥兒嗎？記憶裡，有沒有一兩件難忘的事，讓我們也可以像小鳥兒一樣，在時間的流動中自由自在的飛翔呢？

小時候，鄰居老家屋頂鋪著瓦片，瓦片間有縫隙，裡面有鳥兒築巢，鳥巢裡總有鳥媽媽在孵蛋，後來會有小鳥寶寶住在裡面。那些勇敢的大孩子，總是攀住木梯，沿著牆壁爬呀爬。瓦片很矮，可以看到裡面有一些草、幾隻鳥，鄰家哥哥喜歡用手撈鳥蛋，看看鳥蛋有沒有變化。過了段時間，小鳥兒蹦出來了，又把牠撈出來，喔，還沒長毛，趕快小心把牠放回去；兩天後又爬上去，再把牠撈出來看，哇！長幾根毛了，又放回去。每天都玩著相同的遊戲，總也不膩。

有一天下午，大夥兒爬呀爬的，準備去撈小鳥。平常小鳥兒總昂起頭，兩顆眼睛烏溜烏溜轉，嘴巴嘟得尖尖的，說有多可愛就有多可愛！這時卻縮在角落，非常奇怪。鄰家哥哥伸手去撈，使力抓了出來。咦，小鳥兒怎麼變得這麼長呢？他拼命拉、拼命拉，結果竟拉出一條蛇來！從那天開始，大家就很怕蛇，再不敢去那個屋簷下。

經過這麼大的撞擊和驚嚇，朋友們再來邀約，到底還要不要出去玩呢？

當然要繼續玩啊！世界好大，除了小鳥，還有山、還有河，只要跨出去，總有那麼多地方值得探險。記憶裡的「線」，帶著我們，回到童年最喜歡的小河，水很淺，不能游泳，夏日午後一吃飽，大夥沒有泳裝，脫了外衣就和同學、鄰居跳進小河，你潑我，我潑你。玩了很久，累得攤開兩手躺在水裡，除了頭之外，整個身體都泡在水中。當我們安靜下來，就會有好多魚跑出來，大大的頭，三角形，看到我們的腳指頭就咬，慢慢的，膽子愈來愈大，還會游過來咬大家泡在淺水裡的手指頭，根本不知道能不能吃，就笨笨的啃啊啃，實在太可愛了！我們把這種魚叫做「傻瓜魚」，直到現在，任何時候靠近一條河，想起和魚在一起的每一個夏天，心裡仍然特別歡喜。

到了颱風天，上游大池塘的水太滿了，池裡大魚、小魚沿著河流下來，溜到馬路上。颱風過後，不得了！全村的人沿著馬路、沿著河流，找魚、撈魚。我們年紀小，特別愛湊熱鬧，一馬當先衝出去，從家門口就「啪！」跳進河裡撈魚。結果，水的力量好大，從跳下去的那一刻起，還沒抓到魚就先被沖走，漂啊漂，一直漂了一百多公尺，到了下游，才被撈魚的人撈起來。

不知道多少年過去，我們長大了，大人們更「成熟」

了，一看到我們，他們還是可以在記憶裡連繫出一條又一條溫柔的線，回想起一個又一個從水裡撈起來的孩子。時間的流動，變得晶瑩、透明，像詩一樣，藏著溫暖寧靜的深情。

先民用詩，留下記憶的標本

每一首詩，就是為了凸顯這一段又一段的「記憶標本」。〈關雎（ㄐㄩ）〉呈現的，是水邊和樂一片的融融水景；〈桃夭〉歌頌的，是花季的燦爛繽紛；從「桃之夭夭」那麼燦爛的世界，走到「凱風自南」，浮現美麗的母親，把生命都奉獻給孩子，然後變得衰老、疲倦，慢慢失去了力氣，像我們在游泳時，累到已經不想划水了，我們的手、我們的腳，累得一直沉、一直沉……好像永遠看不到亮光。

這時，我們更需要讀詩，找回快樂，分享熱情，回到我們和一大群朋友一起玩著遊戲的時候，讓感覺「停格」，重新回到「純粹的情緒」，自己好像又墊起腳尖，走著、奔著、跑著，隨時可以飛起來。

時光慢慢走，我們經歷過的一個又一個畫面，重重疊疊，形成一大片「記憶的汪洋」。當我們試著「連連看」，在記憶裡撈出一些精確的畫面時，就會形成一種神奇的氛圍，沉浸在純粹的情緒裡，仿如黃昏的「魔幻時光」，顏色慢慢侵臨，從四面八方把我們包裹起來，清澈澄明慢慢變深、變沉……沉到天色淡灰了，下面還有一層一層的紫灰、深灰……像坐在一個天空和大地聯手做出來的「乾坤瓶」裡，瓶身用墨灰、濃豔的彩釉慢慢著色，愈來愈厚、愈來愈黯，然後整個容器都呈現出幾乎看不清楚的濃色。我們坐在那裡，想像著世界究竟有多大，我們還可以捕捉多少回憶？只要記憶可以翻飛，我們的每一天，隨時可以掙脫綑縛（ㄎㄨㄣˇ ㄈㄨˊ），每一次張開眼睛，經歷的每一個瞬間，都能成為詩，值得我們反覆咀嚼。

讀詩，就是**感覺的飛翔**。

讓我們放大「小鏡頭」的美好，學會珍惜自己擁有的幸福，也在各種不同的遭遇、不同的辛苦中，理解這個世界上藏著許許多多想像不到的傷痛和變化，每個人的挫折都不是唯一，我們並不寂寞。

就算是壞天氣也沒關係

天氣好的時候，世界多好玩呢！好心情，隨著小鳥兒的歌聲飛了過去，吟詠著「關關雎(ㄐㄩ)鳩(ㄐㄧㄡ)，在河之洲」，看天地生靈翩翩飛遠，心裡裝著祝福和勇氣，相信這寬闊的世界還有無限可能，值得我們去探險。

我們的《詩經》旅程，就從「**風聲——家是最溫柔的起點**」開始。

在青蔥、自由，充滿希望和想念的〈關雎(ㄐㄩ)〉裡分享美好；接著讀鮮豔、繁華的〈桃夭〉，思念的追逐和完成，形成立體的對照，幾生幾世的十里桃花，燦爛著，繽紛著，像一場又一場花瓣雨撒著祝福，在最美麗的婚禮中，我們特別能夠回想，每一個媽媽曾經都是別人掌心裡的寶貝，從一個女兒、妻子轉換成母親，守護大家，同心合作，真誠扶持，生命、家族、部落……心和心靠近，部族和部族聯盟，讓生活愈來愈安定。

詩是一件溫柔的防護衣

不過，人生哪裡可以一輩子都遇到好天氣呢？想一想，北遷的殷商遺民，緯度拉高，陽光減少，天氣當然會隨著北移而愈來愈陰暗，愈來愈荒寒。無論〈邶（ㄅㄟˋ）風〉、〈鄘（ㄩㄥ）風〉、〈衛風〉，都同樣是衛國的歌謠，只是曲調不同。部首「阝」分成左耳與右耳，左「阝」念成「阜（ㄈㄨˋ）」，意思是土丘；右「阝」念成「邑」，指的是縣城土地的範圍。「邶」就是「北」方寒冷的城，生存條件較差；「衛」是守衛；「鄘」則是附屬，具有在北方抵抗邊疆異族「翼護付出」的意味。

經歷周公萬里長征後，生活動盪，人們在愈來愈頻繁的「死亡痛楚」和「生死的抉擇」裡，只要一想起「還報母恩」，就好像回到屬於「家」的感恩和眷戀。

〈邶風．凱風〉的兒女思念，重返生活起點，渴望一個完整的家，感謝相互依存。當生活開始脫序，以前只有部落領袖指定「來，寫一首詩」的寬容嚴謹，隨著典章制度在亂世逐漸瓦解、鬆脫，人們有了渴望，撞擊了原來的秩序。不同的聲音變多了，新的標準、新的聲音、新的掙扎和嘗試，開始出現。

《詩經》的發展，經歷最痛苦的衛國，最失落的王畿(ㄐㄧ)，表現在〈衛風〉和〈王風〉中的離亂痛苦，承載更多對於寧靜安定的珍惜，以及藏在「秩序崩離」後的深情，我們才有機會理解「**戰亂——在不安中學會珍惜**」。

勤王遷都的鄭國，捲入時代狂潮，卻又像狂風巨浪中悍然穩住的一顆巨石。〈鄭風〉所顯露的「**深情——日常生活的美好**」，透過〈子衿(ㄐㄧㄣ)〉的失落和盼望、〈緇(ㄗ)衣〉的小日子和〈風雨〉的迷茫和勇氣，用深情和努力包裹國家分崩離析的痛楚，悲欣交集，不能一直好天氣，更懂得「就算是壞天氣也沒關係」。

每個人都在自己做得到的時候，多付出一點點，多珍惜

一點點；能夠享有一段短短的寧靜，就是不斷放大的幸福。然後，我們才有勇氣，想像恢弘，一輩子堅持「**追夢——無論如何都要更努力**」。

〈周南．漢廣〉在時間河流上，撐持著美好的嚮往。〈秦風．蒹葭〉寫景、寫情，寫生命中的理性志業和感性執迷，天地人事融在一起，氤氳、模糊，淺白的民歌到了此時，已經創造出一種嶄新的文學典範。〈齊風．雞鳴〉用典型公務人員的工作秩序，獨立於離亂濁世之外，簡單、富庶，展現認真努力中永遠不會消失的希望微光。

最後，我們就可以深入探討：安定幸福的大一統，為什麼會埋下周都東遷的痛苦？國家的命運起伏，是不是都藏著固定的軌跡？

隨著「**雅音——有我在的地方就有芬芳**」這個篇章，我們跨進〈小雅〉的長征旅程，想像著極北的原始部族，生存條件險惡，人民具有戰鬥掠奪的狼性，商朝的鬼方，後來的玁（ㄒㄧㄢˇ）狁（ㄩㄣˇ），更後來的匈奴，這些外族透過侵略不斷南下掠奪。如果我們必須承認，自己是羊，只能團抱在一起，馴順的忍受每一季野狼的擄掠盜獵，犧牲一小部分羊換取平安，這樣一直過下去，到底好不好？是不是所有的人都願意忍受？

顯然，總有一些人就是不能忍。周宣王不能忍，後來的漢武帝也不能忍，所有的這些「看起來必須忍耐」的國家，都在一個不能忍的強勢領導者出現後，把國力膨脹到極點，開始討伐、對抗，以為這樣就可以把邊疆安定，直到討伐功業結束，大概也就是這個王朝衰微的開始。

即使知道戰爭會在極短的時間內耗盡國力，有一些堅持，還是要堅持，有一些關於自尊和自信的戰鬥，還是值得我們付出一切，〈小雅〉的傳唱，就是戰爭的史詩。

一開始從〈鹿鳴〉中確立朝野君臣的禮制分際；經歷漫長的〈采薇〉，具體呈現周宣王討伐玁狁的過程；最後停在〈蓼莪〉，感受所有的快樂、痛苦都過去，眼見一切繁華美好都已消失的心境。

讀著這麼多的掙扎和悲傷，再對照此時此地的我們，所有人世間的「心情壞天氣」，寂寞、孤立、爭執、誤解、霸凌、衝突、失敗、挫折……還有仍然在延續的全球瘟疫，這些不安和恐懼，都可以在一首又一首詩裡，看見溫柔和希望。我們也努力在所有的破碎痛楚當中，找到「足以存活下去」的勇氣和力量。

卷二

風雅：

交一個新朋友，叫做詩

一

風聲——家是最溫柔的起點

〈周南·關雎〉，分享美好

遇見詩

〈周南·關雎〉

關關[1]雎鳩[2]，在河之洲；窈窕淑女，君子好逑[3]。

參差[4]荇菜[5]，左右流之；窈窕淑女，寤寐求之。

求之不得，寤寐思服；悠哉[6]悠哉，輾轉反側。

參差荇菜，左右采之；窈窕淑女，琴瑟[7]友之。

參差荇菜，左右芼[8]之；窈窕淑女，鐘鼓樂之[9]。

❶**關關**：模仿水鳥叫的疊聲字，發聲嘴型由收圓而大開，可以傳遞出開朗的歡愉。

❷**雎鳩**：鳥名，俗稱魚鷹，善於捕魚，可以帶來「安穩豐食」的美好聯想。

❸**逑**：配偶。注意喔！這是名詞，千萬不要當做動詞，以為是「追求」的過程。

❹**參差**：長短不一，東一片西一片。如果我們找不到秩序，心就會變亂。

❺**荇菜**：多長於淡水湖泊或池沼中的草本植物，莖細長，葉對生，夏季開黃花。

❻**悠**：原意是「長」。時間一長，有人開始胡思亂想，難免覺得憂煩。

❼**琴瑟**：古琴有五弦或七弦；古瑟延用《史記．孝武本紀》所載：「泰帝（伏羲氏）使素女鼓五十弦瑟，悲，帝禁不止，故破其瑟為二十五弦。」無論多少弦，古人以琴瑟之音為雅樂正聲，是文青必備的「浪漫裝備」。

❽**芼**：原意是「採摘」。植物採摘後常用來做羹湯。因此引申為「煮成鍋物」，有共好的意味。

❾**鐘鼓樂之**：在貴族階級中，一般士大夫在家庭娛樂時只能用鼓，只有天子和諸侯可以用鐘鼓，所以成為一種莊嚴的禮樂大典，多半用來讚頌婚禮。在這首詩裡，婚禮還沒舉行，純粹是一場想像婚禮的「浪漫白日夢」。

聽見詩說話

雎鳩鳥兒在水洲上翱翔，聽著牠們一路「關關」相互呼喚，歡喜歌唱，讓我也好想和最喜歡的那個文靜秀麗的女孩，一起分享所有的心事和夢想啊！

這些渴望，像長短不齊的水荇菜，在水中漂啊盪的，每一天每一夜，想念到根本睡不著時，我就把所有的喜歡，用來訓練自己，做一個更好的人。總有一天，能以溫柔的琴瑟傳情，並且用莊嚴慎重的承諾，和她一起開展未來。

交一個新朋友，叫做詩

「關關雎鳩，在河之洲」，很像一部電影的開場。先由布拉姆斯第四號交響曲[10]開頭一小段不斷重複的短小樂句，引出流動好聽的古典音樂後，鳥鳴聲脆脆響起，然後影像慢慢浮現，漂亮的鳥，比翼的雙翅，自由的飛行……隨著樂音悠揚，鏡頭拉遠，河流曲折延伸，慢慢拓展到天之涯、海之角。世界在最美的時刻凝固成「溫柔的篩子」，細細篩汰著、安撫著，過濾掉所有的疲倦和煩惱，就在這短短一瞬間，遇見永恆，舒寧的天地山河，宛如天堂。

整首詩，只寫一個簡單的事實：在河之洲散步，聽見雎鳩關關。

---

10 布拉姆斯第四號交響曲，短小樂句主題重複，比如 Si-Sol 開始後，立刻有另一處奏出 Si-Sol 形成回聲，如同「關關」鳴叫，整體音聲厚實卻又流動，形成河水背景；布拉姆斯對克拉拉的專一情感，更能對應詩中男子的嚴謹自持和無限真摯。

接下來，就是滿腦子的「浪漫幻想」。在這最美好的瞬間，想要分享，是最自然的渴望，於是用「窈窕淑女，君子好逑」，勾勒出最簡單、最安定的願望。

「窈」是內在美，指的是美麗的心，「窕」是外貌，追尋的是一種端莊閒雅的外顯氣質；「逑」是配偶，象徵著互相扶持、慎重珍惜的歸屬。只是，這世界上，所有的願望和追尋，哪有輕易就能完成的呢？就像水草，參差浮動，擺來擺去，我們哪裡知道自己追尋的那個人、那個夢想，需要什麼、在等待什麼、又得付出什麼來爭取？

「參差荇菜，左右流之」，表面上說的是沿著水流漂浮不定的荇菜，其實更直指我們在意的那個人。這樣的捉摸不定，讓我們快樂，讓我們傷心，我們卻還是不顧一切，盼著有機會美夢成真。

讀詩啊！就是要把每一個字當做「發射基地」，讓情感不受限制的自由發射。「寤」這個字是醒，「寐」是睡，這一個又一個簡單的字，是一段又一段艱難的煎熬，讓我們跟著想像，真切捕捉到「醒著時充滿熱情，睡著後也無法停下想念」的狂熱。

讀到這裡，很多人以為「寤寐思服」的「思」，就是用來表現「思念」，其實不是。這個字就像古人的「兮」啊「矣」的，還有現代人喜歡用的「啊」、「呵」這些驚嘆詞一樣，是為了講究情韻宛轉，在微微停頓中，形成情緒轉換的語助詞。「服」這個字才凸顯出思念；像穿一件衣服般，包裹全部的想念，讓我們心甘情願的去愛，去追尋，去拼卻一切。

藏在《詩經》裡的深情想念，最動人的，就是絕不會沉溺悲傷、痛苦、怨恨、憤怒，只有用不完的「正能量」，常常被形容成「大中至正，平和雍容」。在「求之不得，寤寐思服」的折磨裡，反覆思考著，還可以做些什麼呢？

所有「想念」和「珍惜」的過程，因為輾轉用心，所以把時間放大了。「悠」是「很長很長」，「哉」是強化很長很長的語助詞，「悠哉悠哉」就成為把時間拉得很長很長的「思念的魔法囚牢」。現代人約會時，看見遲到的人慢吞吞走來，有時會不高興的抗議：「你為什麼遲到這麼久，還悠哉悠哉走來？」

有人以為，「悠哉悠哉」指的是自在舒服、神情愉悅。其實不是，而是形容時間都十萬火急了，竟還有人走得悠

然，把遲到的時間拉得更長更長，這不是有點誇張嗎？

時間放慢，就是《詩經》裡的感情讀起來能夠「回甘」的原因。絕不呼天搶地，一下子「掏空」感情，而是淡淡的，慢慢感受，細細思考，一定還有更多地方可以更努力吧？如何凸顯出自己最美好的特質去呼應對方呢？隨著這些思念，從「寤寐求之」、「琴瑟友之」到「鐘鼓樂之」，都是安安靜靜的內心戲，旋轉著，醞釀著，時空放大了，很自然就會找到出口。

想清楚了吧！首先，確定心意；接著「琴瑟友之」，琴跟瑟，音色柔軟，濾盡強的、重的的聲音，以「別人需要的方式」，反覆旋繞、纏綿，竭盡所能的理解、呼應、成全，直到觸動對方；最後，才有機會「鐘鼓樂之」，以一種讓天地見證的慎重宣告，寬闊而不自私，把身邊所有的人都納進「愛的圈圈」。

這時，參差荇（ㄒㄥˋ）菜，從左右「流」之的不能掌握；慢慢發展到左右「采」之，在愛的追逐過程中嶄露曙光，讓我們可以靠近、採摘，可以互相熟悉。直到左右「芼（ㄇㄠˋ）」之，做成羹湯，完成逐夢的驚喜，煮成一大鍋「愛的滋味」，大家一起分享，哇，這真的太完美了！

且慢，別忘了一開始我們就說過，真正發生的事，只有我在散步時看見一對快樂的鳥兒在唱歌。

原來，這些浪漫幻想，是生命圓熟的三個階段：了解、成全和守護。學會為愛負責，才能開創出屬於自己的人生，才有機會遇見更豐富的生活。

〈周南．桃夭〉，美麗的新娘

遇見詩

〈周南．桃夭〉

桃之夭夭[1]，灼灼其華[2]。之子于歸[3]，宜其室家。
桃之夭夭，有蕡[4]其實。之子于歸，宜其家室。
桃之夭夭，其葉蓁蓁[5]。之子于歸，宜其家人。

❶夭夭：鮮嫩、脆薄，美好得讓人不敢相信是真的！所以在女為「妖」絕豔，在水為「沃」豐養，在神為「祆」光燦，在草為「芺」可食，多棒的一個字啊！桃之夭夭，指的是初開桃花，又嫩又薄，美得不得了！千萬不要和惡搞、同音的「逃之夭夭」搞混了。

❷灼灼其華：灼灼，盛開時鮮明、豔麗的樣子。華就是「花」的古字，應念成「ㄏㄨㄚ」，如果念成「ㄏㄨㄚˊ」，也不算錯，可以拉長語韻，把詩的韻味吟詠得長長的。

❸之子于歸：「之」就是「這」，我們在古詩裡常看到「之子」，就是指「這個人」。于歸，表示「出嫁」。

❹蕡：形容果實很大，華色美味，內外皆美。

❺蓁蓁：樹葉茂盛，充滿開枝散葉的希望。

聽見詩說話

桃花這樣美麗，細薄鮮艷，簡直是小精靈的傑作，像最美麗的新娘，喜氣洋洋的把幸福一起送到新的家庭。

桃花結果了！新娘子變成溫柔的好媽媽；果實綿延啊！葉茂枝繁後，所有的家人也齊心協力打造出和睦的大家族。

交一個新朋友，叫做詩

〈周南．關雎〉從一場浪漫的「白日夢」開始，其實也是一次慎重美好的人生宣言。我們知道，努力不一定成功，但是，不努力一定沒有機會成功，所以，我們渴望的未來、追尋的幸福，都需要扎扎實實的基礎功，確定信念，面對挑戰，無論遇到任何挫折，都願意檢視自己，理解別人，在變化多端的世界不斷奮鬥，不顧一切的努力付出，堅持到底。

「白日夢」不會永遠都是白日夢，不是變成白日泡沫在七彩中褪色消失，就是堅實成築夢的過程，一步一步，從「寤（ㄨˋ）寐（ㄇㄟˋ）求之」、「琴瑟友之」，到「鐘鼓樂之」，踩踏出一條築夢的康莊大道。這時，再接著讀〈周南．桃夭〉，看所有的追逐和珍惜，終於成就了一場幸福的婚禮。愛情的圓滿，豔如桃花；家庭的幸福，甜如桃子；最後在教養和成長中，看見一個家族興盛壯大，更能體會洋溢在生活中的真摯深情。

這種「愛的力量」，就是「周南」的基本精神。位處王都核心的歌謠，簡單、安定，人們為了更美好的未來，不斷奮鬥著。

對照沿著一條河，流到很遠很遠的出海口，分封給姜子牙的齊國，〈齊風〉也出現很多描寫嫁女兒的詩。這些詩富庶、繁華，往往是炫耀女方家族有多顯赫，嫁妝有多漂亮，穿戴服飾有多華麗；要不然就是炫耀她要嫁的丈夫，世家有多高貴，部族有多偉大，永遠張揚著奢靡誇示。

〈周南．桃夭〉完全不講究這種浮誇的排場，整首詩非常簡單，起頭就是讚嘆「桃之夭夭」，沒有風華迷離，只有謙卑匍匐的珍惜。「夭」這個象形字，瞧，是不是看得到一個孩子攤開雙手雙腳，準備開心的迎接世界？沒想到，頭一折，生命就消失了。世界上太多太美的事物，美到我們無法承受，就是「夭」。一個女生太美，我們覺得她是「妖」，一朵花這麼嫩這麼薄，纖柔到我們無法掌握，就是一種「隨時深怕失去」的絕美。

「桃之夭夭，灼灼其華」，春天都飛舞到極致了。近距離看花，那麼輕、那麼薄，好像一碰就會碎；一旦拉開距離，那一簇又一簇潑灑的繁華，鮮亮得熱烈，隨時會燙傷每一個愛花的人。既期待，又害怕，怕它轉眼就凋謝了，隨時得戰戰兢兢的捧在掌心裡。

在這個「純潔即將跨入成熟，極靜即將轉為極動」的瞬間，好像一個女孩，看起來這麼薄，這麼嫩，這麼新鮮燦爛，通過一場婚禮，轉瞬就從一朵桃花昇華成一樹繁華。強烈、豐富，在靜、動、淡、濃……各種不可測的變化中，洋溢出無可遮掩的絕美。

這樣的一首詩，在結婚現場看見的真實場景，其實只有第一段。第二段和第三段，充滿了我們對這個新娘的期望與祝福。整首詩，看不到她戴了什麼鳳冠、垂飾，看不到漂亮衣服，看不到家族出身，看不到以後她要嫁給什麼樣的家族；我們只看到這個女孩成為新娘子的瞬間，這就是最美好的事了。

從這首詩以後，美人如花，成為「詠美人詩」的傳統。描繪「芙蓉如面，柳如眉」，感覺很細膩；「海棠帶淚」，讓人心碎。以前的女人，眼睛一定要細細長長的才好看。什麼樣的女人，眼睛會長得圓圓的呢？「柳眉杏眼」裡的杏眼，眼睛就大大圓圓的，變成負面形容，所謂「柳眉杏眼，雙手一插」，一個凶巴巴女生的形象就出現了。還有好多「花國成語」，像蕙質蘭心、梨花一枝、海棠帶雨、菡萏欲

雨、牡丹傾城……都是從〈桃夭〉開創出來的「花物語」。

這樣一個美麗的新娘，就要出嫁了，而後將撐起一個家，讓所有的家人，與開枝散葉的家族，都找到安定的力量；讓每一個人和人、家族和家族交錯的瞬間，都可以相互體貼、照顧。

原來，以前的人認為，枝葉繁華，開花結果，才是美麗的意義和價值，一個女孩最美最好的未來，就是為了成全一個家。一朵花美麗，是因為可以結果；結了果後的整棵樹，葉子茂盛，像一個家族無止盡的繁衍。每一棵樹的「灼灼其華（ㄏㄨㄚˊ）」，而後「有蕡（ㄈㄣˊ）其實」，最後「其葉蓁蓁（ㄓㄣ ㄓㄣ）」，這就成了一個又一個生命預言。「青春」是美麗的花，結成「婦德」的果實。從小家庭的子女教養，擴大到家族的和順，到最後讓整個家族不斷繁衍擴張，才能夠「宜其室家」、「宜其家室」、「宜其家人」。

哇，這樣的想法，經過兩三千年到了現代，是不是值得我們再深入想一想：如果不能結果，一朵花開到極盛，最後只能靜靜凋零，是不是就不美了？

我們的母親，曾經也是別人掌心裡的寶貝。這個宛如「桃之夭夭」一般最美的新娘，曾經燦爛過的所有薄薄嫩嫩的夢幻清新，是不是讓我們這些貪心的「果實」，偷走她太多的營養，使得她的「灼灼其華」，都變成我們大家的「其葉蓁蓁」？我們有什麼辦法，可以陪著她，找回原來的夢想，重新看見桃夭的美麗和快樂呢？

〈邶風・凱風〉，無限懷念

遇見詩

〈邶風・凱風〉

凱風自南，吹彼棘心。棘心夭夭，母氏劬勞。

凱風自南，吹彼棘薪。母氏聖善，我無令人！

爰有寒泉，在浚之下。有子七人，母氏勞苦。

睍睆黃鳥，載好其音。有子七人，莫慰母心。

❶凱風：南風，在夏季吹拂，古人認為有利農作物生長。溫柔的南風，像母親對孩子的照拂。

❷棘心：棘，叢生的酸棗樹，對照「棘」和「棗」兩個字，棗的疊字，長得多高啊！相對的，棘便是很難長大的小樹，需要付出更多心血照護。心，意指剛冒出來的小幼苗，像每一個人最脆弱的嬰幼時期。

❸劬：勤勞形成的疲累。

❹薪：燒火做飯用的柴草。棘木是小樹，沒辦法成為棟梁，比喻母親教養孩子們長大後，孩子們卻都很平凡，沒有成就；在這首詩裡，其實是自謙，無論就什麼功業，和母親的偉大付出相比，都很微小。

❺令：令，原指「發號」，只有品德才能兼具的人，才能發出號令，讓整個部族存活下來，延伸為「至善」。「令名」就是美名，「令人」就成了品德美好的人。

❻爰：「於焉」兩個字連起來的念法，意指「在這裡」。在詩中既是語氣助詞，又有「遷徙到這裡」的意思。

❼寒泉：從「清洌的井水滋潤著浚城的民眾」，自省不能孝養回報的悲傷。

❽浚：衛國，鄄邑。漢晉設鄄城縣；隋唐五代後轉置濮州，原屬山東，後劃歸河南，即今濮陽縣一帶，是商朝遺民集體遷徙的黃河北岸；後來又成為三國時期曹操統一北方的「官渡大戰」古戰場。

❾睍睆：美麗的樣子，延伸成和顏悅色的對待，自省不能善待母親，徒留遺憾。

聽見詩說話

和煦的南風吹著野棗樹的嫩芽，小嫩芽拼命長大；媽媽也幫著小嬰兒，一樣在努力成長。小嫩芽在南風陪伴下，長成小樹，可以砍作柴薪；媽媽也期待著孩子長大，有沒有出息都沒關係。

浚(ㄐㄩㄣˋ)城冷泉滋養著大家，小黃雀的歌聲也讓大家開心。辛苦的媽媽養大七個孩子，我們卻沒有好好的回報媽媽，真的好傷心啊！

交一個新朋友，叫做詩

〈周南．桃夭〉歌詠著年輕、美麗的新娘，慢慢成熟成一個母親，把一生的風華奉獻給一整個家族，彷彿一種象徵：想像「周南」地區，在周公治理下，成為政治和文化的核心，整個生活空間像年輕的孩子，蓬勃發展，旭日初升，集體仰望著更美好、更充滿希望的無限可能。

同樣屬於蘊養一個家族的故事，到了屬於殷商遺民北遷後的衛國，繁華已逝，物是人非，像夕陽緩緩回溫，只能擁抱一點溫暖，無能為力的看黑夜侵臨。〈邶風．凱風〉的歌謠，沒有青春的女孩、美麗的新娘，甚至也看不到溫柔的妻子、慈愛的媽媽，鏡頭一轉，只剩下滄桑疲倦的老母親，付出了一生的美好，在嚴冷的環境裡等待「凱風自南」。

春天來了，暖暖的風一吹，溫度、觸覺、氣氛……全都豐富成希望的畫幅。溫暖的風吹呀吹，棘心裡最嫩最嫩的芽，雖然脆弱，還是努力要長大，每一棵小小的樹都努力往上長；雨一打，歪下去，第二天認真撐起來，風一吹，倒下去，風停了還是會慢慢長回來。再嫩再小的樹芽，都有能力獨立生長；而所有的嬰幼兒，卻都沒有獨自長大的能力，我們全靠著母親，一點一滴，認真拉拔我們，那些餵養、教導的過程，比照顧最嫩最嫩的小樹芽，還要辛苦。

一段又一段歌詠，像翻相簿，看著一年又一年小樹芽的長大，沒想到，經歷這麼辛苦掙扎的過程，長大卻無法貢獻自己成為棟梁，只能做小小的薪柴。好可憐啊！看著母親這麼堅強、這麼努力的付出一切，孩子們卻沒有成為有出息的人，只能像是小小的薪柴，一遇到挫折，隨時被劈了、燒了，切一切、剁一剁，就什麼都沒剩下了。

這首詩，先用小樹這安安靜靜的「小鏡頭」，對照自己一生無從回報母親的感傷；接著再放大視野，檢視「大環境」，藉由「浚（ㄐㄩㄣˋ）城冷泉滋潤著人民生活，浚（ㄐㄩㄣˋ）城人民全都非常感謝寒泉」，對照長大了的我們，真的很慚愧，究竟對社會有什麼貢獻呢？這才想起來，母親嚴厲的管教，宛如寒泉，有期待，也有督促，但是，家裡孩子再多，到最後卻沒有任何一個成為有用的人，心裡的愧疚和憂傷又更深沉了。總盼著還能做些什麼吧？沒想到，我們這樣無能，還不如飛繞在我們身邊稚嫩的小黃鳥兒，就算什麼都不會，也可以高唱著嫩嫩的清歌，和我們分享最美好的希望。我們「有子七人」，卻「莫慰母心」，無論做什麼都做得不好。

唉，好難過，多想好好回報母親啊！

讀到這裡，詩就結束在「什麼都做不好，只剩下濃濃的懊悔和悲傷」的寒泉冷冽中。忽然，回到現實，湧起一種「幸好媽媽還在，我們要盡心回報」的溫暖，宛如南風吹來，世界復甦。這時，再重讀一遍這首詩，就會好奇，真相是這樣嗎？寫出這首詩的詩人，真的一事無成？

慢慢再多讀幾遍，深入思考，在原始的部落生活，每一次部落和部落間的爭執，都影響每一天的生死存亡；迎接一個新娘加入家族，就是為了生存和繁衍，新增籌碼。生活這樣艱難，有一個人，擁有餘閒，想到母親，想到愛，想到這些永遠還不完的感謝和懷念，最重要的，還懂得寫詩，這樣的人，真的一事無成嗎？還是，這是一個溫厚、善良的貴族，看見所有人的努力，體貼每一個人的付出，才會感慨，跟母親的付出相較，無論自己做了多少，永遠都覺得不夠；

希望每個人都要好好感恩母親的付出和成全；更重要的是，自己也必須像母親一樣無私付出，認真守護著所有的子民。

對詩人來說，「吹彼棘薪」注滿了他的期望和志向，希望自己還可以更努力。現有的成就，不過是薪，一時成不了棟梁，一日一日，永遠要更進步。也許詩人對社會已經發生影響了，只是以他的角度來看，總希望部族延續，還要做得更好，永遠不能停留在原點。

〈邶風．凱風〉成為華文世界的第一首慈母詩、懷念詩。後來，晉朝詩人陶淵明，用「凱風寒泉之恩」寫了一首詩，所有文學家就開始引用：我們有時要像凱風一樣，充滿溫暖的愛護，有時要像寒泉，提供冷峻的管教。

後來的後來，宋朝詩人蘇軾寫了「凱風吹盡即成薪」的詩。凱風吹盡，當然希望我們能長成一棵大樹，但當我們無法成為房子的棟梁，只能被砍下來當柴燒時，燒掉的人生是多麼讓人慨嘆。

這種「孝順詩」的發展，又啟發了唐朝孟郊的「誰言寸草心，報得三春暉」，成為我們最熟悉的典故。最後，還催生一種非常特別的東方傳統，成為第一首「罪己詩」，影響了很多政治人物或藝術創作者，在災難之前或生命走過高潮後，無論是回眸檢視或想奮力高飛，習慣藉由像「悔過書」般的〈罪己詔〉、《懺情書》，重新檢視自己，洗滌傷痛。

這些心情上突發奇想的「一小步」，都是人類文明的一大步啊！

二

戰亂——在不安中學會珍惜

〈衛風・考槃〉，我們並不寂寞

遇見詩

〈衛風・考槃〉

考槃[1]在澗[2]，碩人之寬[3]。獨寐寤言[4]，永矢弗諼[5]。

考槃在阿[6]，碩人之薖[7]。獨寐寤歌，永矢弗過[8]。

考槃在陸[9]，碩人之軸[10]。獨寐寤宿，永矢弗告[11]。

❶ 考槃：「槃」就是「盤」，早期盛物器皿多半木製；「考」是「扣」的假借字。

❷ 澗：山間流水的溝，指山區低處，水草豐美的生活圈。

❸ 碩人之寬：碩人，本指形體高大，延伸為道德高尚，詩裡指的是崇高無求的隱士；寬，居處寬闊，心更寬闊。

❹ 獨寐寤言：寤，睡醒；寐，睡著；一個人睡，一個人醒，一個人自言自語，不與人交往，不隨波逐流，也不在意世俗變化和評價。

❺ 永矢弗諼：永，久；矢，同「誓」；弗諼，不忘。

❻ 阿：轉折、彎曲的地方；意指生活圈從方便的水源區退到山坡轉彎處。古時隱者或神女，常選擇在向陽坡盤桓，宛如等待著心中的希望，重新如日初升。

❼ 碩人之薖：寬大。「薖」原為「窠」的假借字，從鳥獸巢穴延伸為人的居室。從「碩人之寬」的天地之寬，轉換成「碩人之薖」的居室之寬。

❽ 永矢弗過：過，過從、參訪。永遠不過問世事，也不需要別人來探望。

❾ 陸：高平之地。意指生活圈慢慢離開水源、離開陽光，愈過愈簡單。

❿ 碩人之軸：本義為車軸，負重行遠的核心支撐。詩中用來指「碩人之薖」的寬敞居室，已然縮小到盤桓難行，但是，絕對不會淡忘心中的信念和堅持。

⓫ 永矢弗告：不哀告、不訴苦，當然也有許許多多自得其樂，即使說了，別人也不明白，就像陶淵明著名的詩句：「此中有真意，欲辯已忘言。」

聽見詩說話

在山澗(ㄐㄧㄢˋ)間蓋小屋，心情開朗，住起來就特別寬闊。一個人生活，和自己對話，也有「一種不必與人分享就很滿足」的快樂。

就算在邊坡上、高原頂，還是可以在天地間唱歌、靜坐，打造新的安樂窩。

交一個新朋友，叫做詩

讀《詩經》最有趣的地方，就是可以用閱讀「奇幻戰記」的心情，去想像兩三千年前的場景。那是所有生命安全和精神追尋剛剛萌芽的時候，一切文明的摸索，都像魔法，從無到有，讓一切的可能，逐步堆疊成形。

這是個傳說和歷史交錯，原始和文明拉鋸的「轉接點」。最神奇的是，我們用一首又一首詩，認真記錄下來了。讀著詩經，隨著每一首詩，確立一個創作模式，看文學的可能一點一滴慢慢發展，兩三千年前所有關於詩的嘗試，都將是華文世界的第一首。

〈周南．關雎（ㄐㄩ）〉是第一篇劃時代的詩，也是第一首情詩；〈周南．桃夭〉，第一首詠美人詩；〈邶（ㄅㄟˋ）風．凱風〉，第一首慈母詩、懷念詩、孝順詩、自我檢討哲理詩；到了〈衛風．考槃（ㄆㄢˊ）〉，這又成為第一首隱士詩，在文學主幹上，岔生出田園詩、老莊學派的各種分枝。

翻開〈衛風〉，我們將進入一個混亂遷徙的時代。貴族沒落，社會動盪，每個人都惶惶然，不知道該怎麼活下來。

這時，有一些懷著信念、有所堅持的隱士，會找個地方，在不安中安定自己的心，認真找出依存的價值。

當我們失去了穩固的生活依據，除了自己，什麼都沒有了，而日子還在繼續，還是得好好活下來，這首詩就在這樣的背景下，開啟了安貧樂道、笑傲山林，努力在自得其樂中回返簡單生活的文學傳統。

「考槃(ㄆㄢˊ)」的「考」，就是「扣」，「扣、扣、扣」敲個沒完，有時食物不足，希望從盤子挖出更多；有時自得其樂，盤子就成為最自在的打擊樂器，可以呼應天地的聲音，隨興歌唱。後來也延伸出「盤桓(ㄏㄨㄢˊ)」的新意，避世隱居時敲一個盤子，與後來的莊子「鼓盆而歌」意思很接近，人到無所依侍時，反而能夠瀟灑放歌，無所要求的自在生活。

物質上一無所有，只能一直退、一直退，退到山「澗（ㄐㄧㄢˋ）」，也就是河水曲流處。然而，因為水流轉彎的動能沖激，生態豐富；餓了，有魚可以抓，冷了，可以打柴，閒了，有小動物可以嬉戲追逐；沒事時唱唱歌，玩玩「打擊樂」，會發現世界很大，生命很寬闊。一個人睡覺，一個人醒來，一個人吃飯，在河流曲折處看山、看水，自己竟慢慢變成一個嶄新的容器，把天地都放進來，這樣享受著純粹精神上的滿足和快樂，多好啊！

「矢（ㄕˇ）」就是立定志向，「諼（ㄒㄩㄢ）」就是忘，「弗諼（ㄈㄨˊ ㄒㄩㄢ）」就是永遠不會忘記這種生命的自由。即使環境又更糟了，繼續撤退，退啊退，退到山之「阿（ㄜ）」，就是山坡轉彎的地方，只能住在草房，安安靜靜的，享受一個人的自在。這時，人際互動幾乎都棄絕了，「永矢弗（ㄈㄨˊ）過」的「過」就是拜訪，不需要誰來看我，也不需要去看別人，這世間的變動，總是充滿艱難、挑戰、戰爭、瘟疫……學會和自己相處，就可以安安靜靜的度過災難。

「考槃（ㄆㄢˊ）在陸」，離水源愈來愈遠，生活條件更差，退守到山區更偏遠的地方了。「碩人之軸」的生活，像「車軸」般，牢牢抓穩信念，永遠不會改變，自給自足，不需要告訴別人我在想什麼；就算想要分享，別人又怎麼能明白呢？

「別人怎能明白呢？」這種心情，就是在孤單中不得不自我安慰的「亂世情緒」，有點傷痛，有點憤世嫉俗，但想要好好活下來，就得在千萬種不如意中，找出支撐生命的力量。這個不斷撤退，只能「考槃（ㄆㄢˊ）」在澗（ㄐㄧㄢˋ）、在阿（ㄜ）、在陸的詩

人，這些永遠不能說、也說不清的內心衝突和轉折，經歷漫長的心靈折磨和整合，慢慢成熟，直到我們理解「自己就是天地間的一部分」，深刻領略：這世間有好事，當然就有壞事；成住壞空，就是「與天地萬物合一」的自在。那些說不出來的「永矢弗告」，天災、人禍、戰爭、飢餓，病苦流離……就在漫長的歷史時空中，一代又一代不斷重複。

對陶淵明而言，是「此中有真意，欲辯已忘言」；對張九齡來說，是「海上生明月，天涯共此時」的千言萬語，就在月亮從海面上蹦出來的瞬間，終於理解：絕美，就是自己「瞬間的領悟」，不可能說得清楚，更不可能「盈手」相贈，只好回到房間作個好夢，這就是張九齡的世界。什麼都不可說，還是非說不可，就算沒有說的機會，至少在夢中記住這最美好的時候吧！

這些說不出、說不完、說不清的話，所有從艱苦卓絕中學會的堅忍和曠達，從〈考槃（ㄆㄢˊ）〉開始，每一次災難發生，都讓我們再次見證，世界的好好壞壞，所有的感情和遭遇，都是這樣相似，我們並不寂寞。

〈王風·君子于役〉，種植希望

遇見詩

〈王風·君子于役〉

君子于役[1]，不知其期。曷[2]至哉？
雞棲于塒[3]；日之夕矣，羊牛下來。
君子于役，如之何勿思？

君子于役，不日不月。曷其有佸[4]？
雞棲于桀；日之夕矣，羊牛下括。
君子于役，苟[5]無飢渴。

❶役：殳，是「戟柄」，可以用來當武器或工具。古人中的「役」，本來是「人」字旁，指的是拿武器或拿工具的人，也就是軍人或工人，而後衍化成「彳」，匯入「巡行」意味；移做動詞，就是「從軍」或「服勞役」，更可延伸為「戰事」，泛指一切大小戰爭。

❷曷：何時。至，回到家。

❸雞棲于塒，雞棲于桀：塒和桀都是讓雞休息的地方。「塒」是牆壁上挖個洞做成的小窩，「桀」就只是根讓雞棲息的木樁，全句意思是「安穩的雞舍沒有了」。

❹佸，括：本意都有包容、收攏的意味。「佸」盼著人到來，暗喻「相會」的期盼；「括」指羊牛都到家了，實指安穩的現實。

❺苟：推測的語氣詞，大概、也許。

聽見詩說話

想念的人遠征去了，不知道過了多久，更不知道什麼時候才回來。黃昏到了，雞群回家，牛羊下山，停下一整天的忙碌，也開始了深深的想念。

數不清的歲月過去了，什麼時候再相聚呢？黃昏又到了，雞窩都壞了，照顧著回到家的牛羊，好希望遠方我想念的人，也有人照顧他，不要挨餓、受寒，也不要受傷。

交一個新朋友，叫做詩

讀〈衛風〉，有一種天寬地闊、清朗空疏的氛圍。地近北方，鄉村森林較多，天氣冷，暖暖的陽光照起來特別舒適。到了〈王風〉，想像著我們的腦，升級配備了「虛擬實境」的VR裝置，慢慢重建詩中畫面：同樣的藍天綠地，荒野感消失了；草原枯槁，牛羊幾隻，物資匱乏到連雞舍的木條都得拆來取暖，只剩下牆上的凹洞勉強擋風，留下一兩根木梁讓雞群棲息。

詩裡的場景，處處留下溫暖又帶著點殘破的生活痕跡，再摻了些戰爭、分離，以及無可奈何中不得不艱難求生的堅忍和努力。王室東遷，強大的軍隊守護消失了，邊界紛擾，時代離亂，人們對未來的夢想慢慢消失，也沒有更高遠恢弘的裡想，生活只剩下一個小小的盼望，就是能夠和自己所愛的人，守在一起。

在這樣不安的年代，不知道什麼時候會死，不知道誰會活下來。未來，成為一種奢侈的想像，總覺得「只要分離，就是永別了吧！」所以動不動就「死生契闊」，好像只要分別，就再也不會相見了，於是只能「執子之手」，感謝還有機會，在具體的身體碰觸中說服自己：「這不是作夢，我們都還活著！」無數次緊緊抓著心愛的人，反覆說一百遍：「我們要一起老去！」

「一起老去」，成為《詩經》時空最奢侈的幸福，如果可以許願，漫天的天燈上應該都寫滿了「與子成說，與子偕老」的共同願望。

在離亂中，國家的概念慢慢模糊，文明的概念也慢慢模糊，生命的嚮往只剩下要跟最在乎的人守在一起。每一個人，都要認真的活下去！只要還有呼吸，就有希望，只要活著，就能為那遙不可及的相遇而準備。當我們認真活著，即使戰亂是煎熬的，勞累是煎熬的，思念是煎熬的……為了心裡一點點「愛的種子」，等著發芽，等著滋長，就算對自己說了一百遍，不可能再相見了，潛意識裡還是盼著一定要再相見！所有的煎熬，為了再見一面，也都可以忍受了。

〈王風〉裡，充滿了這樣的詩。對生命的盼望和標準都降低了，始終懷抱著希望活下去。「君子于役」，親密的丈夫、保護家庭的爸爸，為了家，也為了國，不得不去打仗。不記得打了多久，也不知道還要打多久；不知道人在哪裡，更不知道到底什麼時候會回來。家裡能派上用場的物資，不斷耗損，生活越來越簡陋，連個雞籠子都沒有，只能找個土牆上的小洞，把雞群趕進去，避避風，這空間又能多大呢？可以推想，所養的雞一定不多，無論人或動物，都在不斷耗損凋零中，拼命工作，掙扎求生。

趁著白天光線好，忙了一整天，到了黃昏，四周慢慢變暗，不確知的危險慢慢靠近，這時，急著把全部的氣力，放在身邊的惦念和呵護，反覆惦著「日之夕矣，羊牛下來」，直到雞回來了，羊回來了，牛回來了……所有的忙碌騷動都安靜下來。思念，從這一點點的時間縫隙鑽了出來，慢慢發酵、發芽，一整天勞動著的心沉下來，看夕陽轉換過千百種顏色，天黑了，不再勞動的那個瞬間，有個生命片段被喚醒了，棚欄裡的羊、牛都關好了，牆邊的雞也回來了，可是，心中最惦念的人為什麼還不回來？一句「如之何勿思」，淒切纏綿、尋尋覓覓，把千迴百折的思念，寫得絕望、徹底。

到了第二段，同樣的思念，以一種相似的軌跡做了小小的修改，降低標準，繼續向前滾去。君子去打仗了，不知道過了多少天，也不知道過了多少夜，風蝕過的牆面，用愈來愈多的斑駁記錄著流光的蒼茫，雞群連「塒（ㄕˊ）」都沒得逃躲了。那個小小的、可以遮風避雨的依靠沒有了，只剩下「桀（ㄐㄧㄝˊ）」，一個小木樁，站在上面，避開慢慢淹上來的風雨，至少還有一個地方可以站，我們掙扎求生的標準，又放得更低更低了——等待的人，不一定要再相見，只盼能好好活著。

「日之夕矣，牛羊下括（ㄎㄨㄛˋ）」，「括（ㄎㄨㄛˋ）」就是回家。牛羊雞群都回來了，餵著牠們吃飯、喝水，好像就多了點盼望；不能回來，不能相見都沒關係，希望我們想念、關心的人，餓的時候，有人遞一點飯吃，渴的時候，有人給一點水喝，就好像沒有雞巢了，小木樁也可以。既然回不來，就盼著「苟無飢渴」：不餓、不渴，只要活著，就有希望。

戰亂年代，善待流浪途中的人，餓了給他們飯吃，渴了給他們水喝，也許我們思念的那一個人，在行旅的途中，也會遇見和我們一樣的人，餓了給一點飯，渴了給一點水。就這樣，把生存需要降到最低，一步一步退讓，又把愛的期盼推到極致，一點一滴澆灌，守護一絲僅存的「苗」，勇氣的苗、情愛的苗、活下去的苗……等待機會，拼命茁長。

從這些「愛的種子」裡滋長出來的，就是希望！這是藏在這首詩裡最動人的力量。

魔法，從無到有，讓一切可能逐步堆疊成形。

〈王風·采葛〉，珍惜當下

遇見詩

〈王風·采葛〉

彼采葛兮。一日不見，如三月兮。

彼采蕭兮。一日不見，如三秋兮。

彼采艾兮。一日不見，如三歲兮。

❶采：「採」的象形古字。上半部的「爪」抓取下半部的「木」，構成「采」，採摘，是農業時代維生必要。

❷葛，蕭，艾：三種植物，象徵三段心情。「葛」提供織布、食用，代表日常生活的思念；「蕭」用來祭祀，比喻等待中的祈求；「艾」可以治病，表示在思念走向病苦邊界，幾乎難以承受。

聽見詩說話

她去採葛葉了，一天不見，彷彿過了三個月；她去採蕭荻了，一天不見，如同走過三季；她去採艾草了，一天不見，竟好像過了三年。

交一個新朋友，叫做詩

《詩經》這本書的讀法很特別，我們一方面要很感性，像走文青路線的You-tuber，拍一部安安靜靜的「文藝片」，讀著華文世界第一本「浪漫詩集」；同時又可以非常理性的接收迥異於現代時空的歷史風情，很像大成本、大製作的「動作片」，在詩裡進行一場穿梭時空的「自助旅行」，聽詩人「現場演唱」，跟著「想像力小精靈」飛到「知識國王」到達不了的小角落，跟著每一個不知道姓名、職業、年齡的「角落詩人」，推敲時代背景，了解不同時空的人事變化和心情起伏。讀詩的我們，同時也像精通心靈感知的超能英雄，接收了他們的期望和失落，悲哀和快樂。

這一場又一場奇幻的「時空旅行」，從璀璨華麗的〈周南〉展開，從一雙翩翩飛起的鳥兒到一場美麗的婚禮；從一個害羞的新娘到一個溫暖的母親；從一個又一個調皮的孩子到特寫一雙母親的眼睛：憂勞、深情，等待著孩子回家。

然後，You-tuber 開始出外景了，從小小的家，放大到我們的生活環境。〈邶風〉和〈衛風〉的取景寬闊，配樂高亢、蒼涼，人物嵌進環境後，揮灑出大開大闔的氣勢，非常瀟灑。到了〈王風〉，場景還是天寬地闊，設色卻變得很柔軟，顏色抹淡了，帶著點感傷，又在夕陽的繁複層次中透出取暖的餘溫，配樂換成了反覆的小調，拖曳著，像烘焙著一顆「愛的種子」，慢慢的付出，慢慢的等，直到抽長出一點點希望的「苗」，等著相見，等著相愛，等著相守。

為了澆灌、守護這一點點抽長出來的「苗」，每個人都用一生的故事，表現不同樣貌的選擇和堅持。有的人活得非常安定，靠著堅強的意志力，一天又一天認真奮鬥，一如〈君子于役〉，無論「如之何勿思？」何等艱難，還是願意付出一切，降低標準，只盼著心愛的人「苟無飢渴」，只要彼此活著，就有機會相見。有的人卻變得很極端，像〈采葛〉，對於所愛變得非常執著，相聚的歡愉、分手的疼痛、離別的苦楚，這所有的情緒起伏都被放大。

亂世裡的感情，增強了這些「極端」的情感波濤，不是很冷酷，就是很熱烈。分離了，不知道還有沒有機會相見？心裡總想著，應該不會再相見了吧？在心理上，有一種「非把握住瞬間、否則活不下去」的顛沛煎熬；在思緒上，就會停留、反覆，表面上安安靜靜過著尋常日子，內心卻糾纏在同一個點。

這首詩，運用重複排比的三十六個字，在簡單的生活紀律中，呈現情感的纏綿反覆。以從「采」開場，采是「採」的象形古字，上半部的「爪」，抓取下半部的「木」，構成「采」這個字。採摘，是農業時代的維生必要，打開眼睛，洗漱整頓後就出門勞動，一天又一天，從採**葛**、採**蕭**到採**艾**，重複著平淡的日常生活。再呼應後文，從三**月**、三**秋**到三**歲**，總共換了六個字，卻在時空交錯中，做了完整的交代：「葛」生於三月，在人生最熱鬧、最熱的夏天採摘；「蕭」生於九月，採摘時，已經是秋天了，在溫暖過後形成秋風，慢慢加強了蕭瑟的感覺，在秋天的思念裡混進更多疼痛、寒涼；「艾」則是一定要長到三年，才可以摘下來當做藥材，為人治病。

三種植物的特寫，不是外在荒原的偶然，而是內在跋（ㄅㄚˊ）涉的必然。採葛時心想，一天沒見，像經過三個月一樣漫長。採蕭時的一天，像經歷季節轉折。到了採艾時更是疼痛，一天沒見好像過了三年。三種植物地景，象徵三段心情。「葛」提供織布、食用，是日常生活中的思念。「蕭」用來祭祀，在等待中注入祈天許願的盼望和祝福。當思念走向病

苦邊界，幾乎難以承受時，可以治病的「艾」，成為最後的煎熬和吶喊。再透過「月」、「秋」到「歲」這三種計時單位，三段反覆，一層一層描繪，看起來時間漫長，其實只過了一天，所

有的時間前進，全都成為「內心戲」。

一旦分離，就是永別。用難以承受的思念來凸顯愛的真切，不能挪開，無法前行，只能盤旋往返、想念、糾結，直線、橫線、直線、橫線……直到沉沉的鬱色，編織成一張無所遁逃的網，重複著「極端情緒的放大」，成為非常經典的思念刻畫。

翻讀《詩經》三百首，會在不同的詩篇中，看到「一日不見，如隔三秋」的反覆引用，讀詩的人變多了，每個人的想法和切入點，就表現出不一樣的想像和解釋。想一想，寫這首詩的詩人，到底是採摘的人，還是遠行的人呢？有人認為，這是採摘女子唱的情詩，對情人一層深過一層的思念；有人卻覺得「彼采葛兮」、「彼采蕭兮」、「彼采艾兮」的

「彼」，說的是遠在那端的採摘女子，平凡生活中的一天，只因為遠離了的情人從「此」這端，生出無限思念，才纏繞出無從掙脫的糾結。

無論如何解釋，都讓我們發現：幸福不是理所當然，每一天可以相見，原來是這麼親密的祝福！每一個當下的相遇，每一個瞬間的歡喜，都值得好好珍惜。

這種感情的領略和珍惜，超越了原始初民的奮鬥和分工。我們不再把每一天的掙扎、努力，投資在「生存基礎」，而是讓更多的「精神追尋」注入日常生活，之後又開啟一代又一代關於「極端情緒」的詩詞脈絡。

從「相見時難別亦難」、「別時容易見時難」的閨怨詩，慢慢直視生離死別的傷痛，有「多情自古傷離別，更那堪，冷落清秋節」的離別詩，也有「天長地久有時盡，此恨綿綿無絕期」的感懷詩。接著又岔出「勸君更盡一杯酒，西出陽關無故人」這一類的送別詩，還有故作開朗的情傷詩詞：「人生若只如初見，何事秋風悲畫扇？」「金風玉露一相逢，便勝卻人間無數。」「衣帶漸寬終不悔，為伊消得人憔悴。」……因為這些詩，滋味難辨，有放不開的糾結，也有放開了的曠達，又晉級成「哲理詩」。

就這樣，我們讀到的每一首詩，強化了烙（ㄌㄠˋ）印在身體裡的「基因記憶」，重覆蓋章，印色愈來愈鮮明，讓我們成為愈來愈有「文化」的人。

三

深情——日常生活的美好

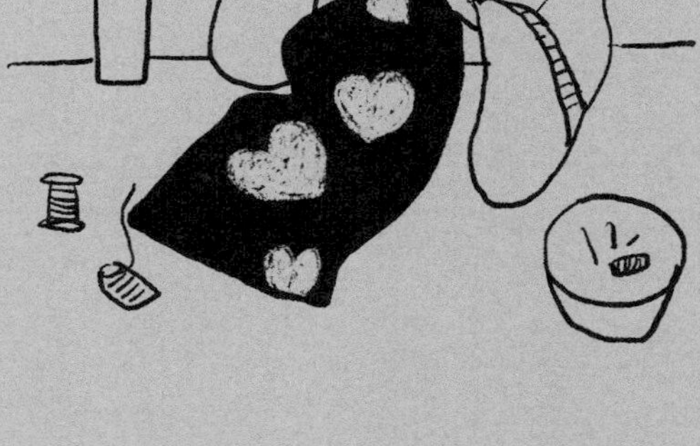

〈鄭風．子衿〉，和靈魂相遇

遇見詩

〈鄭風．子衿〉

青青子[1]衿[2]，悠悠[3]我心。縱我不往，子寧[4]不嗣[5]音？

青青子佩[6]，悠悠我思。縱我不往，子寧不來？

挑兮達兮[7]，在城闕[8]兮；一日不見，如三月兮！

❶子：男子的美稱，意指「你」。
❷衿：襟，衣領。
❸悠：還記得在〈周南．關雎〉讀過嗎？原意是「長」，時間長了，有人悠閒，有人憂煩。
❹寧：豈，難道。
❺嗣：繼續、承繼，延伸為寄遞、傳送。
❻佩：繫珮玉的綬帶。
❼挑達：走來走去，往來無序。
❽城闕：城門兩邊的望樓。

聽見詩說話

想著你青色的衣領，好像我漫漫思念的心情。縱然我不去看你，難道你不會寄個訊息給我嗎？

又想起你青色的佩帶。我不去找你，為什麼你不主動來看我呢？

我只能站在高高的城樓上，來來往往張望。一天看不到你，好像三個月那麼長啊！

交一個新朋友，叫做詩

現代社會從求學、職場到人際關係，傳統約束和國際競爭形成鋪天蓋地的壓力，於是讓軟萌的「紓壓宇宙」蓬勃發展。尤其在日本，歷史悠久的「三麗鷗」企業，透過Hello

Kitty、Kiki Lala、大眼蛙、酷企鵝、布丁狗……建立起全世界通行的純真帝國。同樣發展「紓壓生物」的San-X企業，在純粹可愛中，加入更多的心靈拉扯和對現實綑縛的掙扎，例如懶洋洋的趴趴熊，就是要放輕鬆過日子；被視為失敗者的烤焦麵包，知道自己身為「好賣麵包」的人生已經結束，但還是得認真創造出「好麵包」的新人生。

有一些美好的故事，從小角落開始萌芽。躲在San-X角落裡的一個小社員，發呆時就安安靜靜的在筆記本小角落塗鴉，畫著各種奇幻小物，直到被同事發現這些充滿個性的「角落生物」：來自北方但仍非常怕冷的「白熊」，不知道自己其實是河童的「企鵝」，由百分之一的瘦肉和百分之九十九的油脂組成的「炸豬排」，害怕被解剖研究而假裝成蜥蜴的「恐龍」，以及害羞的「貓」，他們放棄核心舞臺，躲在角落，和朋友們安心的疊在一起，帶給大家溫暖療癒的力量。邊緣的個性加上各種追尋與失落的故事，這些「角落小夥伴」安慰了各種不同型態的孤立和悲傷，成為彼此靈魂相遇的「靈魂夥伴」。

從筆記本的「角落塗鴉」，整合成「角落生物」，持續發展出無限慰藉的「角落小夥伴」，這就是創作的「演進」。就像《詩經》，最初只是一些人、一些些「心情塗鴉」；慢慢發展出不同的「詩生物」，通往各種方向；最後又升級成精緻的意象和繁複的意涵，多層次的表達獨特的個性、隱微的心情和高遠遼闊的哲思，這就成了有生命，並且不斷多情增生的「靈魂夥伴」。

還記得我們讀過的〈王風．采葛〉嗎？一日不見的煎熬反覆，用「如三月兮」表現出「心情塗鴉」；得到太多共鳴後，增生出「如三秋兮」、「如三歲兮」這些「詩生物」；最後又化身〈鄭風．子衿（ㄐㄧㄣ）〉的「靈魂夥伴」，翩然成形，特寫主角，讓人迴旋慨嘆，咀嚼出不同的滋味。

整首詩像一幅畫，用意味悠長的筆觸，慢慢畫出一個優雅、從容、任性自恃，而且站在很高很高的瞭望樓上的青春女子，想著衣服上的那一抹藍，無邊無涯的延伸出牽掛。究竟思念有多遠、多深、多長呢？就像藍色的天空那麼遠，像藍色的海洋那麼深，像藍色的河流那麼長……。

「衿（ㄐㄧㄣ）」就是衣領交會的地方。為什麼我們會特別注意到「青青子衿（ㄐㄧㄣ）」呢？因為，詩歌吟詠的愛情，常處在飄忽不定的朦朧處，感情如果篤定、坦然，確信彼此相屬，就會看向眼睛深處，那是靈魂之窗，生命的交會；如果有些不確定，有點焦慮，再加上想要說又說不出來的壓抑，就會垂下眼睛，視野落在胸口，那個衣領交錯的「點」，和心偎（ㄨㄟ）近。心裡面藏著什麼呢？藍藍衣襟下延伸開來的天空、海洋和河流，一如思慕反覆，等啊等的，等到最後，青春的任性翻騰成壓不下去的懊惱，事關自尊和驕傲，只能生著悶氣：就算我不去看你，你難道不會寫一封信給我嗎？如果到了現代，就會抓著手機，盯著螢幕，不斷罵著、怨著、怪著：「你就不能傳個簡訊給我嗎？」

反覆的思念，永遠沒有終點。從心口的「衿（ㄐㄧㄣ）」慢慢拉長，延伸到行走搖移的「佩」，就是用來繫戴「珮玉」的綬帶，一條細細的絲繩，像垂釣的線，釣出自己的眷戀。在古代，有德之士才可佩玉，我們愛一個人，除了形貌、衣飾這些外在條件，最重要的還是豐富的內在，一如溫潤的玉；這才進一步揭露，我們惦念的君子之德，含光不露，把所有的傾慕收進去，沿著一條長長的衣帶，不知道延伸到哪裡。

整首詩透過「青青子衿，悠悠我心」、「青青子佩，悠悠我思」，渲染出一大片幽遠的寧靜海。在深邃的海面底下，搖蕩著不安、焦慮，帶著點憤怒、怨懟，以及說不出口的不甘願。我愛你這麼多，而且愈來愈多，那麼你呢？

「縱我不往，子寧不嗣音」、「縱我不往，子寧不來」這些甜蜜又任性的埋怨，從最深最深的寧靜海底，勾勒出逐漸沸騰的壓抑和期盼，直到壓抑不下的深情痴狂，慢慢上升、上升，衝破理智海面，隨著腳步「挑兮達兮」，走過來走過去，不斷往高處走，只有「在城闕兮」，站在城裡最高的地方，才眺望得到最遠處，在他出現的第一瞬間，立刻看見，這才是衝破寧靜海面的真實心願啊！

離亂之世，每個人的感情都非常極端，有的人像〈衛風．考槃〉，節制愛，不依賴任何人，一個人說話、唱歌、睡覺；要不然就像〈子衿〉，瘋狂去愛。這麼多交錯的世俗價值、禮教壓抑和少女矜持中，像海底暗流，止不住往上衝，直到劃破寧靜海面，又在「一日不見，如三月兮」的失落忐忑中，一層一層後退，直退到寧靜海底，匍匐靜止，再奮力醞釀著下一次翻騰，執意到更高更遠的地方去。

這種遼遠如天空，深邃如海洋，悠長如河流的情有獨

鍾，以及渴望被人了解卻又不斷失落的不顧一切，可以包容所有不同型態的愛和理想，讓「青青子衿」從一首簡單的情詩，變成「和靈魂相遇」的象徵。曹操的四言詩〈短歌行〉，隨著「青青子衿，悠悠我心；但為君故，沉吟至今」的深情，讓人在他的野心、競奪之外，找到一種屬於讀書人的魂魄。出身臺大電機的美國哈佛碩士陳曉林，以精深的理工學識，從臺大教職轉向文史哲探究，第一本書《青青子衿》，洋溢著知識分子對國家與社會深沉的反省與思考。各種小說、舞臺劇、影視改編和文創商品，也為「青青子衿」的文學象徵，注入更多嶄新的意涵。

一如感情的「接力棒」，當「青青子衿」這些字句交給了我們，同時也把生命裡的渴望，藏在寧靜、遙遠又無限延伸的文學世界，等著我們創造出屬於新世代的豐富。

〈鄭風·緇衣〉，魔法鏡子

遇見詩

〈鄭風·緇衣〉

緇衣之宜兮，敝[1]，予又改為[2]兮！適子之館[3]兮，還[4]，
予授子之粲[5]兮！
緇衣之好兮，敝，予又改造兮！適子之館兮，還，
予授子之粲兮！
緇衣之蓆兮，敝，予又改作兮！適子之館兮，還，
予授子之粲兮！

❶敝：壞。

❷改為、改造、改作：隨著衣服的破爛程度而縫補、修飾，最後還可以拆掉重做，用來表現在勤儉、素樸中展露的關心。

❸適館：「適」是前往；「館」是官舍。前往官舍，指的就是上班啦！

❹還（ㄒㄩㄢˊ）：回家。

❺粲（ㄘㄢˋ）：「餐」的假借。

聽見詩說話

這黑色的制服多合適啊！破了，我就為你縫補，讓你好好去上班。下班回來，晚餐已經做好了，熱熱的，我們一起分享。

隨著時間流遠，衣服穿習慣了，愈來愈鬆，也愈來愈舒服。我還是喜歡為你翻修、改製，讓你好好上班、下班。你回到家，我們就可以共享溫暖的晚餐。

交一個新朋友，叫做詩

緇衣，黑衣服，當時指卿大夫到官署所穿的衣服，也可以引申成基層公務人員的制服。整首詩從「緇衣之宜兮」開始，五個字，藏著一段不用說出來，也能感受到特別難得的美好時光。穿上新衣，迎接一段嶄新的人生。

從「宜」、「好」到「蓆」，本意是穿上新衣後的三個階段。剛開始很合身，愈穿愈舒適，到最後的「蓆」，指的是寬大，舒適如日常坐臥鋪墊。再進一步，我們可以把衣服從新到舊的過程，延伸理解成公務生活的適應：一開始很小心，每天戰戰兢兢；隨著業務熟悉，漸入佳境；最後工作都熟練了，收放自在。隨著流光悠悠，衣服舊了，無論是生活或工作，出現許多需要修補的小地方，慢慢修正就好。

改衣服，上班，回家時一起吃頓熱餐。全詩只寫三件事，就為日日重複的家庭生活塗抹出幸福，像清湯，原汁原料，什麼調味都不必加，簡單到讓人放鬆了心情，輕輕搖曳出無限溫暖。無論是情感或語法，都像風雨中的寧靜和驚喜，成為亂世烽火裡唯一的安慰。

如果沿襲《詩經》舊有的創作模式，這首詩應該循著四個字的素樸原則，寫成「緇衣之宜」、「予又改為」、「適子之館」、「授子之粲」，表現出文字的安定和永恆。但是，詩人在每句詩裡加上一個「兮」字，透過「緇衣之宜兮」的音韻拉長，產生驚奇迭宕的變化，把固定、安穩的味道拉長了，停停走走。

在拉長的餘響裡，忽然又撞上「敝」字，音節停頓，生活的不安，未來的不確定，以及現實社會的磨難，都從這個小小的缺口冒出來。這就開啟了「突破四字限制」的契機，成了五言詩的先聲，比安穩的四言詩還要激情動盪。

年輕熾烈的愛情，終於停頓下來，成為尋常夫妻，好好在一起，成為對抗混亂世代唯一的方法。一件衣服，一個安定的生活許諾，無論好或不好，只要可以在一起，哪怕破了、壞了，付出一切修補，也都變成美好。年輕時，我們總想穿一襲「夢的衣裳」，精緻、合身、充滿獨特的個性；漸漸的，只要在一起，就算穿舊了、變大了，在這個很大很大的世界，仍然感到舒卷自得。穿衣整頓，認真上班，老老實實把事做好，回家有飯吃，有人分享，再大的問題都有人相互分擔。

改衣、適館、授粲（ㄘㄢ），把簡單的生活日常表現得甜蜜又纏綿，這就是生命的安定與美好，成為風雨飄搖中一首「最美的情詩」。

也有人認為，這首詩是一篇「最熱血的傳奇」，描寫周

朝最後一個實質天子周幽王被殺後，王室沒落，殘破如一襲黑衣。鄭武王護送平王東遷，努力為國家「補衣、上班、供餐」，維持生存所需。雄才大略的鄭莊公繼任後，軍威顯赫，開啟「強者為尊」的春秋爭霸歷史。有人在詩裡讀出周天子對鄭國的感激，「緇(ㄗ)衣之宜兮，敝，予又改為兮；適子之館兮，還（ㄒㄩㄢˊ），予授子之粲（ㄘㄢ）兮。」為的就是提醒大家，別忘了這就是君臣之義，也是人生應盡的責任。有人卻認為，這首詩表現出鄭國基層公務員的自立自強，才在春秋亂世中維持了小小的和平。

還有呢？隨著成長，我們在不同階段讀詩，總是握著各種鑰匙，開啟屬於自己的旋轉門，讀出不同的滋味。

〈緇（ㄗ）衣〉的簡單和安定，不再只是亂世中唯一的安慰，更成為一種生活的提醒。「吃飯啦！」「上班囉！」「衣服破了？來縫補……」這樣的寧靜生活，說得再美，我們也不願意一生都甘於平凡。只有在尋尋覓覓之後，輝煌、窘促、得意、失落都經歷了，才發現有一些看起來不起眼，其實特別重要的幸福，不小心錯過了，最後才覺得遺憾；原來，寧靜而簡單的生活，真的很好。

睜開眼睛就能看見真正在乎的人，累了一整天回到家，脫下疲累，互相撐持，這是生命追尋中的安慰，卻也是很容易被忽略的平淡想像。金庸在《神鵰俠侶》讓楊過歷經十六年滄桑，直到和幽居水底的小龍女相見，他們沒提到寬闊的世界，只繞在河裡抓魚、水草編衣的平凡生活，說得有滋有味，這就掙脫了江湖紛爭，守護著只剩下「穿衣、吃飯」也很美好的靜美。

〈子衿〉詩裡，藉「挑兮達兮」衝出寧靜海，青春燦爛，氣血豐沛，有用不完的能量去承受生命中所有的磨難；到了〈緇衣〉，所有的瘋狂熾烈都消失了，只想安安靜靜的過簡單生活。衣服無論好壞，只要是喜歡的人，穿起來就特別好看；日子無論貴賤，只要是自己的選擇，過起來就是舒服。這樣穿著、過著，慢慢咀嚼出藏在「敝」裡的無限纏綿：原來和喜歡的人相依相守，一起老去，是何等豪奢的心願啊！

靜靜讀著這首平凡又充滿溫度的詩，像一面魔法鏡子，映照出整部《詩經》裡的戰亂、痛苦、折磨、思念……好像有一顆溫暖的種子慢慢萌芽，讓我們生出信心，長出希望，擁有更多的力量去對抗所有生命的挑戰和考驗，安心生活，看所愛的人把一件件衣服穿舊、穿破，感謝我們生活在沒有戰亂、沒有分離、沒有混亂和死亡的此時此地。

〈鄭風．風雨〉，迷宮解謎

遇見詩

〈鄭風．風雨〉

風雨淒淒[1]，雞鳴喈喈[2]。既見君子，云胡[3]不夷[4]？

風雨瀟瀟[5]，雞鳴膠膠。既見君子，云胡不瘳[6]？

風雨如晦[7]，雞鳴不已。既見君子，云胡不喜？

❶淒淒：烏雲密布，即將下雨，視覺和觸覺變得陰暗、冰涼，用來形容冷落蕭條。

❷喈喈，膠膠：都是雞鳴的象聲詞，「膠膠」比「喈喈」聲勢更壯大。

❸云胡：「云」是語助詞；「胡」，為什麼？

❹夷：憂思平靜，心情轉為喜悅。

❺瀟瀟：風狂雨驟，訴諸聽覺。

❻瘳：病癒為瘳，在此有心情變好的意思。

❼晦：天地昏暗，回到視覺。

聽見詩說話

風雨淒淒，雞鳴聲逐漸急切。在風雨中見到你，真的很開心。

風雨變大，雞鳴聲又更急了；天亮了，怎麼還看不見晨光呢？就算風雨交加，天昏地暗，雞鳴聲還是充滿勇氣，絕不退縮。在風雨中看到你啊，怎麼可能不歡喜？

交一個新朋友，叫做詩

《詩經》的創作句型，習慣採用三段式的修辭韻律。當我們在第二段察覺出熟悉的韻律時，又在第三段裡，把不變的格式微調成「不變中藏著變化」，讓我們在吟詠時停留，區辨出層次變化，深入領略愈來愈精巧的藝術性。

〈鄭風．風雨〉包含了三種三段式鋪陳。先從「天地」寫起，大自然無所逃躲的天象變化，驚悚而冰冷，預言著誰都逃躲不掉的命運。接著素描「雞群」，從家庭生活的緊密聯繫扣進切身處境。最後回到「真實生活」的愛和期待，心情從憂思轉為平靜、美好，繼而變得喜悅。

開頭先寫風雨之大，像水墨濃色打底，從烏雲密布、即將下雨的「風雨淒淒」，打造無邊無涯的世界囚牢，視覺和觸覺都在改變。繼而訴諸聽覺，風狂雨驟，「風雨瀟瀟」的聲勢，蓋過一切。最後又回到視覺，天都亮了，卻「風雨如晦」，什麼都看不見。

接著，對應雞鳴聲由小而大，用細筆勾勒出不可動搖的堅強意志，先「喈喈」而鳴，再「膠膠」而起。無論風雨如何傾天而來，「雞鳴不已」是最強烈的宣示，無論聲音大小，都有絕不放棄、絕不終止的決心，一層又一層，愈來愈大聲，寫得驚心動魄，又顯得偏執堅定。最後用拉長的時間，點染出惆悵的心情，慢慢「夷」平，詩中的「瘳(ㄔㄡ)」形容生病的痛苦糾結都療癒了，最後轉為照亮一切的「喜」。

當天地風雨和人間故事交織在一起時，「風雨」和「雞鳴」的層層上色，成為一種文學象徵，具體呈現心情的變化。一開始的「風雨淒淒，雞鳴喈(ㄐㄧ)喈(ㄐㄧ)」，寫得一片悽慘，好像亂世境況，只剩黯然銷魂。外面不如意，家裡的雞群也跟著躁動；「風雨淒淒」的寒涼，輕輕滲了進來，「雞鳴喈(ㄐㄧ)喈(ㄐㄧ)」的雞鳴也小小聲、小小聲的相互交映著混亂和不安。

這些小心壓抑著的疼痛跟折磨，不能長久忍耐，終究會形成張狂的聲勢。當我們念著「淒淒」和「喈（ㄐㄧ）喈（ㄐㄧ）」，嘴形扁縮，聲音壓抑；到了「瀟瀟」、「膠膠」，嘴巴會張大，發聲的力量就變強了，「風雨瀟瀟」，強勢的風雨帶來巨大的壓力，透過「膠膠」群起的雞鳴就變了節奏，同聲相應的焦慮感更強了。

最後一段，「風雨如晦（ㄏㄨㄟˋ）」的「如」字，揭露天已經亮了，但跟沒亮一樣。天地如暗夜漆黑，快被張狂的風雨掩蓋住了，天都亮了還不能亮，更強化無解的絕望。幸好，只要透出一絲亮光，雞鳴一定會喚醒天亮，這就是雞的「信德」：拼卻一生，永不放棄，就會等到機會。我們也是這樣，只要活著，就願意付出一切等待。

當風雨的聲勢，以驚人的力量蓋住白日，再小、再脆弱的雞，都有足夠的勇氣「雞鳴不已」，永不停息，拚盡力氣在呼喚光明，更鋪陳出我們的信念和等待。那些風雨折磨，那點點滴滴的黯然銷魂，隨著失落、壓力，一層一層壯大，但又在內心火苗照耀下，緩緩消退，閃爍著心裡堅守的願望：「只要活著，一定要再相見！」

整首詩只有一個事實：「既見君子」。既然等到他回來了，所有的忐忑不安和心情起伏，全都安定下來，怎麼還會接出「云胡不夷？」、「云胡不瘳ㄔㄡ？」、「云胡不喜？」這三個相續相疊的疑問句呢？

這就變成屬於這首詩的「謎案」，也進而引出兩種破解途徑。

第一種解釋很簡單，就是歡天喜地的直敘：今生今世難以確定的，實在太多太多了，只要相見，就值得歡喜，心情轉為平靜，所有積思鬱悶都好了！好不容易相見，怎麼可能不歡喜呢？

第二種則是反問，有點擔慮，有點感傷。混亂的心情怎麼還找不到平靜？所有的積思鬱悶怎麼沒好？好不容易聚在一起，為什麼無法真心感受到歡喜呢？

好不容易才相見，為什麼還不開心？會不會只是做了一個「既見君子」的夢？今生今世不能再聚的執著和想念，轉到夢裡，在恍兮惚（ㄏㄨ）兮中笑著、愛著，醒來時更加感傷；或者真的相見了，他只是亂世倉促，聚散匆匆，在一起的時間總是覺得不夠，因為戰爭，因為勞役，因為這些、那些理由，安穩的生活被打破了，很快又將離別，心裡總抹不去「不能永遠在一起」的悲哀。

也可能人性就是這樣，不能相見時，心心念念只想見一面，到了真正見面時，又增添了相繼而來的苛責和要求。距離美化了的想念，一旦靠近，不斷發現一些小問題、小缺憾，很快都變得難以忍受。

究竟，什麼才是「既見君子，云胡不喜？」的真實答案呢？隨著《詩經》歌謠的重疊、滲透、反覆傳誦，每一首詩的意涵，他愈來愈豐富。我們感受著聲音、畫面、意義，想像著、延伸著，慢慢發展出自己的看法跟想法，自行決定詩裡面吐露的感情和判斷。同樣的文字，不同的人讀到不一樣的領略，還原成不一樣的解釋，沒有任何標準答案。解謎，成為晉級版的讀詩遊戲。

當我們對緣起緣滅，愈來愈不確定時，有人相信，因為愛，所以認真活下來。見一次是一次的福份，兩次就是雙倍，只要相見，就是祝福，才能在不如意中，找到足以活下來的力量。這樣的人生，其實也不錯。

還有一些以社會、國家為長遠理想的人，讀詩時，跳脫「風雨歸人」的小情小愛，提出「風雨雞鳴」是一種堅貞的象徵，在亂世中，期許每一個人，成為廉潔自守、不改氣節的君子。最特別的是，從「風雨如晦，雞鳴不已」延伸出正邪對抗，黑暗與光明的搏鬥。把時空拉長，無論歷史如何翻迭，永遠有充滿希望的力量在守護大家。

讀詩的我們，站在迷宮大廳，無論開啟哪一扇門，都有曲折蜿蜒的小路走下去。有時候走不通，但是充滿新鮮的魅力；有時走出迷宮，發現一個原來想像不到的新天地；有時在平淡生活裡忽然有一首詩、有一些詩句，浮上心來，像強烈的時空穿梭，把我們抓進另一個迷宮，重新開始旋繞。

找到屬於自己的感受，察覺我們眼中的世界，每一個人看到的都不一樣，大家一起分享、討論，這就是讀詩解謎的快樂啊！

四

追夢——無論如何都要更努力

〈周南・漢廣〉，因為愛而長大

遇見詩

〈周南・漢廣〉

南有喬木，不可休思；漢有遊女[1]，不可求思[2]。
漢之廣矣，不可泳思；江之永[3]矣，不可方[4]思。
翹翹錯薪，言刈其楚[5]；之子于歸，言秣[6]其馬[7]。
漢之廣矣，不可泳思；江之永矣，不可方思。
翹翹錯薪，言刈其蔞[8]；之子于歸，言秣其駒。
漢之廣矣，不可泳思；江之永矣，不可方思。

❶遊女：賢德女子出遊，也有人認為是漢水女神，皆象徵高遠遊離的追尋典範。

❷思：語氣助詞，無實際意義。

❸永：長。

❹方：小木筏，在這裡，名詞當動詞使用：想要「靠小木筏渡江」，不太可能吧？

❺翹翹錯薪，言刈其楚：翹，高；錯薪，雜亂的荊柴；言，無意義語助詞；刈，割取；楚，清晰凸顯。意指「在荊叢中找出最高拔的樹」；後來「翹楚」就用來比喻傑出的人才。

❻秣：餵養。

❼馬，駒：六尺以上稱馬；二歲以下的少壯馬匹稱「駒」。

❽蔞：水濱草本植物，高約六至十五公分，在一般雜草中顯得特別高，算是「草中翹楚」。

聽見詩說話

南方有棵大樹，長得好高，葉子能遮蔭的地方不多，很少人在樹下休息。讓人想起漢水地區那位優雅的女孩，誰都不敢隨便高攀她，就好像漢水太寬，根本不可能游泳渡河，長江太長，我們的木筏，永遠也無法航行。

只是啊！在亂糟糟的薪柴裡，我們總是要努力找到最好的才帶回家。無論漢水多寬、長江多長，這漢水地區最好的女孩，總有一天必須選擇歸宿，在最後的答案揭曉之前，我先把馬兒餵飽，才能奔赴一場美好的婚禮。

交一個新朋友，叫做詩

隨著讀詩和寫詩的人慢慢增加，有一些社群在慢慢成形。從古到今，有一個超級熱門龐大的社群叫做「文青」，發展出很多關於「創作技巧」的討論和分享，其中最有力量的創作法寶，叫做「意象」，用具體的「景」或「物」形成畫面，做為象徵，讓人聯想起抽象的「情意」或「意見」。

一首詩，一篇文章，透過一個畫面呼喚我們的想像力，讓我們聯想起更多的經驗、情緒，繼而對生活的不確定，認真思索出屬於自己的判斷和選擇，這就讓「意象」延伸得愈來愈多元，愈來愈深邃。比如說，我們看到一座山、一棵樹，以及反覆糾纏的枝葉，自然吟詠起：「山有木兮，木有枝；心思君兮，君不知。」

隨著這首詩歌的行進，思緒迴盪，情意氤氳，我們不必直說：「我心裡想念你，你都不知道。」也無須追問：「我想念你，跟這座山有什麼關係？」「我想念你，跟這座山裡面有一棵樹，有什麼樣的關係？」「我想念你，跟這每一棵樹所伸展出來的每一根枝椏，又有什麼關係？」更無法明確丈量出，你像那座山嗎？還是我像那棵樹？

這些無法追究的問題，如果一定要用理性的科學方法找出答案和解釋，到最後會迷失得更厲害。只能靜下來，慢慢感受一種找不到標準答案的情境和氣氛。隨著想像流動，盤旋在一座山裡，森林裡有多少棵樹都不重要了，只需要跟著這些樹交錯著、糾纏著，隨著每一棵樹伸出枝椏，每一棵枝椏又延伸出重疊著的細枝，我們的思念，就這樣混亂的糾纏著，有點甜，有點酸，有點幽深，有點神秘……。

這就是詩最迷人的地方！不必告訴我們：「為什麼寫這

座山？」「為什麼這座山一出現，我就想起了你？」正因為什麼都不說，所有原來無從計畫的想像和情緒，就佔據了詩的縫隙，慢慢長出新的心情、新的聯想、新的可能，一伸手，好像就碰觸得到每一種情緒、每一個故事。

「南有喬木」就是一種讓人驚艷的意象。喬木和灌木，最重要的區別要看主幹，低矮的灌木從底部分叉竄生，像平凡的我們，想辦法融進團體群聚叢生。這時，對照擁有明顯主幹的喬木，佔地不大，挺立高拔，難免對這樣高潔的信念和堅持，生出尊崇和戀慕，像一個逆反世俗的前行者、一個團隊的負責人，或者是標舉出獨特精神的團體。在這首詩裡，喬木的剛強，透過水的柔軟，融入更多奇幻溫柔，變成悠游水岸周邊，忽隱忽現的神祕女子，那樣精緻、美好，讓人忍不住猜想，會不會是「漢水女神」呢？

還記得嗎？〈周南〉是周公轄區的民歌，沿著黃河以南，從洛陽到江漢一帶，具體範圍，大概就是現在的中國河南西南和湖北西北，民生安定，對未來充滿期待。《詩經》三百首，就從〈關雎〉對美好女子的想念和追求開始，成為精神追逐的起點。〈桃夭〉透過婚姻，展現出「聯盟」拓展的「庇祐」。到了〈漢廣〉，跨過黃河往南，歌頌的對象擴展到南方又南，遙遠的想像，浪漫成女神，一方面可以理性推論，這是透過聯姻形成不斷擴大的權力結盟；一方面也可以感性聯想，喬木志向參天，沒有多餘的遮蔭讓我們休息，就像漢水女神不可思議的絕美，不可能讓平凡的我們靠近，「漢有遊女，不可求思」就成為對遠方美好的嚮往和追尋。

直到現代，我們還是習慣把一些最美好、最高不可攀的對象，稱為「女神」。明知道距離遙遠，如漢水之寬，不可能游泳渡河，如長江之長，窘困的小木筏也永遠無法航行，可是，就算身處在亂七八糟的薪柴裡，還是想更努力一點，不一定要「在一起」，只要更好一點點，多靠近一點點，多知道一點點女神的訊息，就很開心了。

在這首詩裡，「伐樹」、「割草」，是深邃的文學意象，也是一座值得咀嚼的文學迷宮。因為這些樹、這些草，才能在心裡點起火苗，惦著一個人、一件事，或者是一個美麗的遠方，引誘著我們，提醒著我們，讓我們相信自己正踏上一段美好的追尋。

到了「之子于歸」，解謎的關鍵和「婚禮」有關，解謎方向就愈來愈豐富了。

有人認為，這是一則超越階級，遊走在真實和虛構之間的浪漫愛情傳說。伐樹、割草，點出樵夫職業，樵夫和漢水女神同遊，如飛駒行天，在不可能中創造可能，成為民間傳說最好的滋養。

有人考據，古時結婚儀式都在黃昏舉行，需要伐木、砍柴、搭逐篝（ㄍㄡ）火，為漢水女神賀婚。由於江水寬廣，沒有盡頭，百姓們無法橫越，只能讓辛苦紮好的火燈，順河而去，完成民俗儀式，這就成了「放河燈」的起源。

我們也可以跳脫神祕傳說，回到現實生活，把「柴薪勞動」當做基層生活的象徵，對照貴族出遊，暗示愛情超越了階級的隔閡（ㄏㄜˊ）。可能是小樵夫和千金大小姐收割幸福的「跨

欄」愛情長跑；也可能只是小樵夫的「轉行宣言」，甘心化身馬伕，餵飽、刷亮了迎親的馬匹，為心愛的女子致以最真誠的祝福。

當然，以「詩是貴族教育」的知識背景推論，很可能這首詩是矜持含蓄的貴族自謙。不好意思直接承認想結婚，只默默許願：「在她出嫁前，我會把迎親的馬匹照顧好。」也就是得強化自己的德行和功業。為了愛的追尋，甘心對最尋常的生活付出最周全的關心，日後才能用最隆重的婚禮，努力向最珍惜的人證明，自己配得上「南方喬木」。不需要休止，而是可以創造出更大的遮蔭，進一步從婚姻的認真經營擴大到部族的安定守護，修養自己，壯大力量，讓更多的人依靠，這才是最美的戀慕、最真摯的承諾，以及生生不息的追尋。

還有更多的解釋嗎？如果多讀幾遍，我們是不是還可以找到更多別人想像不到的暗示？

〈秦風．蒹葭〉，美麗的遠方

遇見詩

〈秦風．蒹葭〉

蒹葭[1]蒼蒼[2]，白露為霜。所謂伊人[3]，在水一方[4]。
溯洄從之[5]，道阻且長；溯游[6]從之，宛[7]在水中央。
蒹葭淒淒[8]，白露未晞[9]。所謂伊人，在水之湄[10]。
溯洄從之，道阻且躋[11]；溯游從之，宛在水中坻[12]。
蒹葭采采，白露未已[13]。所謂伊人，在水之涘[14]。
溯洄從之，道阻且右[15]；溯游從之，宛在水中沚[16]。

❶ 蒹葭：蘆葦。

❷ 蒼蒼：深青色。

❸ 伊人：那個人，心思慕的對象，也可以代表心中追尋的理想。

❹ 一方：另一邊。

❺ 溯洄：洄，彎曲的水道，指逆流而上。

❻ 溯遊：順流而下。

❼ 宛：好像。

❽ 淒淒，采采：形容草長得很茂盛，采采比淒淒更明亮一點。

❾ 晞：乾。

❿ 湄：水岸，指水和草交接的地方如眉，細而彎。

⓫ 躋：登，升高。

⓬ 坻：水中的小高地。

⓭ 已：停。

⓮ 涘：水邊。

⓯ 右：彎曲，形容道路曲折迂迴。

⓰ 沚：水中的小塊陸地。

清晨的光線籠罩在濛濛的霧裡，漫天深青色的蘆葦，露水凝成寒霜。思念的人就站在對岸，我逆流苦尋、順流漂盪，迢遙的追逐，而她總是在水中央，像迷夢一場。

陽光慢慢甦醒，大片蘆葦上的露水還沒晒乾。我還在無邊無涯的水岸探尋，無論逆流、順流，思念的人還是在水中小洲。

露滴還沒全乾，河畔蘆葦茫茫延伸。思念的人就在河岸，水路彎曲艱險，我來來回回、尋尋覓覓，她又回到水中沙渚（ㄓㄨˇ），再也無從靠近。

「蒹（ㄐㄧㄢ）葭（ㄐㄧㄚ）蒼蒼」一開場，用澀黯的深青色，描摹清晨的光線，籠罩在濛濛的霧裡，漫天的蘆葦佔滿視野，又用「白露為霜」，在填滿的視野裡大片的潑上水色，把視線裡的蘆葦，抹得幽微朦朧，秋聲搖曳，勾出繁華消失後的溫度，用一種冷冰冰的觸覺包裹著我們。世界變成美麗的遠方，身邊的水霧經過冰凍處理，又清又冷，我們慢慢被融著、化著，竟分不清這是真的還是假的。

忽然，絕美的身影出現了。這種抹不去的愛，不是狂熱的燃燒，不是熱烈的追逐，而是先經過稀釋、降溫，在單薄到幾乎觸摸不到生命氣息時，猛然無從抗拒的撞擊！不可戒拔，無從捉摸，卻藏著鋪天蓋地的力量，如激昂的水瀑，從身心最深處的漩渦裡竄了出來，在理智無法釐清的迷茫中，不顧一切，逆流而上，從愈來愈多的阻隔，愈來愈漫長的水路中慢慢確定；卻又在轉瞬間順流沖下，真實拆解成幻象，看得分明又靠不近。她在這裡嗎？她在那裡嗎？當我們拼卻一切，點點滴滴移近時，一會兒又「宛在水中央」、「宛在水中坻」、「宛在水中沚」，從四個字拉長到五個字的停頓和延續，恍兮惚兮，只如幻影。

還記得我們在〈鄭風・緇衣〉裡讀到四言詩加了個「兮」，拉長詩句延續出來的韻味嗎？「緇衣之宜兮，予又改為兮！適子之館兮，授子之粲兮！」多一個字，把屬於四個字的素樸、安穩，拆解成兩個字停頓下來，再接續三個字形成轉折，特別感受到一種暖洋洋的舒緩和甜美。從四言詩跨向五言詩，情感的表達變得更豐富，激盪出更真實也更深邃的的生活情調。這種「文學進化」不是偶然，而是經歷很多衝突、掙扎和整合，直到〈蒹葭〉，確立出抒情、寫景、言志全面映襯的多元豐富，成為《詩經》裡第一首超越民歌的「真正的詩」。

這首最特別的「詩人之詩」，還可以和〈周南．漢廣〉對照。同樣的艱難追尋，無論是樵夫和漢水女神的苦戀傳說、民俗送神的歲時印記、勞苦階層的深情追逐、永不放棄的真愛堅持，還是一生一世的追尋，都在清楚的「現實世界」裡執著、奮鬥。到了〈蒹葭〉，抽掉具體的人、事、物，轉向純粹精神的飄渺蒼茫，不能割捨，不能放棄，卻又無法觸及，從「具體寫實」到「浪漫空靈」，擺擺蕩蕩，渲染出模糊渺茫的水中幻影，成為更寬闊，更神祕，更無從偈限的各種可能。

在晨曦微光裡，看見一大片深青色的蒹葭；等到陽光甦醒，大片蘆葦上的露水慢慢蒸發，這樣萋萋鮮茂，還沾著露滴，「白露」一如淚水，心事和追逐彷彿沒完沒了……白茫茫的霧色，把心事、迷茫，所有確知和不確知的生命渴望，全都包裹起來。最後金陽璀璨，露水將盡又未乾，河畔蘆葦茫茫延伸，我們不顧一切追尋的人，先是遠遠的「在水一方」，慢慢「在水之湄」，宛如伸手就可觸及，誰知道「溯洄從之」後「道阻且躋」。「躋」就是爬樓梯，水路像階梯般一層一層疊高，愈來愈遠，愈來愈高，無論如何追逐，永遠「在水之沚」。好像水裡生出一塊只屬於她的奇幻土地，永遠在遙不可及的水路中流轉，無論如何來來回回，逆流，順流，尋尋覓覓，總是無從靠近。

這樣的描寫，把深情和志節、熱情和嚮往、掙扎和超越，全都融在一起，可以看得很柔、很淡，也可以看得很濃、很深，更可以看得很高、很遠，使得這首詩充滿了細膩的感情和多樣的解讀，再也不只是一首單純、絕美的情詩。

有人認為，這是懷友詩，呈現相遇、錯過、分離和想念；有人從「秦」國屬地聯想到前朝遺老，解釋成一首招隱求賢詩。到了現代，生活交錯著成長的迷惑和痛苦，形成更多讀詩最初想像不到的意涵，每個人都讀出了各自不同的想像。如果把這首詩改寫成微小說，各種角色的變化，更成為創作寶庫：厭倦日日讀書、寫字的學生，渴望掙脫綑（ㄎㄨㄣˇ）縛（ㄈㄨˊ）；從自我厭棄，到重新打起精神的社會底層小人物；仰望偶像的生活小火花；浪花日日的拍打；雁行天際的疲憊與重複；水生物帶著鰭嚮往著土地；小蝌蚪想長大，青蛙卻想回到過去；擦肩而過的惆悵；莫那．魯道的堅持；回望故鄉反覆呼喚的眷戀……這些人間速寫，一幅又一幅勾勒著藏在〈蒹(ㄐㄧㄢ)葭(ㄐㄧㄚ)〉詩中的想像。

絕美女子，成為文學象徵裡永不凋謝的「遠方」，隨著世世代代的累積，深化成華人傳統的文化基因。這種景中有人，人中有景，人與景糊在一起的追尋和失落，深化成悠遠的文學傳統，從漢武帝「蘭有秀兮菊有芳，懷佳人兮不能忘」，經歷唐詩的發揚光大，延續到蘇軾《赤壁賦》：「渺渺兮予懷，望美人兮天一方。」根本分不清楚自己到底在想

些什麼，只覺得心裡出現縫隙，有個空洞正在抽痛；後來的王國維，又從「昨夜西風凋碧樹，獨上高樓，望盡天涯路」、「衣帶漸寬終不悔，為伊消得人憔悴」、「驀然回首，那人卻在燈火闌珊處」的仰望追尋中，歸納出人生的三種境界。

我們總認為最好的還沒來到，夢想著今生永遠抵達不了的「在水一方」。這種嚮往和惆悵，讓有些人活得謙卑、寬容，修養出精緻高雅的氣質；有些人卻因為不安於現實，永遠沒辦法活在此時此刻。

永遠嚮往著「美麗的遠方」，到底好不好呢？我們可以認真想一想。

〈齊風・雞鳴〉，一定要更努力

遇見詩

〈齊風・雞鳴〉

「雞既鳴矣，朝[1]既盈[2]矣。」「匪[3]雞則鳴，蒼蠅之聲。」

「東方明矣，朝既昌[4]矣。」「匪東方則明，月出之光。」

「蟲飛薨薨[5]，甘[6]與子同夢。會且[7]歸矣，無庶[8]予子憎[9]！」

❶朝：朝堂，也有人認為是早上的朝會。
❷盈：滿，意指人都到齊了。
❸匪：同「非」，口語中非常熟悉的「不是啦！」
❹昌：盛，意指人很多了。
❺薨薨：飛蟲的振翅聲。
❻甘：願。
❼且：將。
❽無庶：「庶無」的倒裝句，仄聲字收尾，感覺更有力量。庶，希望。
❾予子憎：給了你「恨我」的理由。

這是一場生動的舞臺劇，開場保持寂靜，幕還不需要拉開。舞臺看起來好像一張床，掛著朦朧的公主帳（這種現代人為了在生活中注入浪漫唯美的復古情調，還原到古代，都是為了防蚊蟲）。

視野靜止一會兒，只聽到妻子緊張的聲音從簾幕後響起來：「快快快，你聽，咕咕咕，公雞鬧鐘在叫我們起床！大家都去上班啦，辦公室裡的同事應該都到齊了。」

「哎呀，那不是雞鳴。」感覺有一股強勢的力道，推了賴床哥一把，這傢伙還是不動如山，沒睡醒的鼻音，懶洋洋飄出來：「是蒼蠅在嗡嗡嗡。」

「才不是呢！你看，天亮了！整個辦公室人聲鼎沸，朝氣蓬勃啊！」認真的妻子再接再厲。賴床哥的藉口跟著晉級：「別鬧，那不是太陽，是月光啊！」

忽然，公主帳拉開，女主角上場啦！她板著臉，像老媽訓小孩般說教：「唉喲！天已大亮，不要說人，連蒼蠅蚊子都在衝衝衝、忙上工了！」

講到這裡，手一伸，用力把賴床哥拉出來，捏捏他鬆鬆軟軟的腮幫子，表情像川劇變臉，一下子變得溫柔美麗：「其實，我也好想和你再睡一會，一起作個美麗的夢。可是，辦公室的對決，都快完結篇啦！要是你沒趕上，不就是我做得不好嗎？乖，快起床，好好去上班啊！」

先打一棒，再給胡蘿蔔。每天上班前來這麼一齣家庭悲喜劇，多有趣啊！

齊國是春秋時期的富庶國家，從齊桓(ㄏㄨㄢˊ)公任管仲為相時，打下扎實的工商實業基礎，經過嚴謹認真的行政體系，延續出人口眾多、國力強大的集體繁榮。所以，齊地民歌在十五國風裡，無論戀愛、結婚或家庭生活的描寫，相對都比其他地區洋溢出更為華麗、炫富的「貴族氣質」。

〈齊風・雞鳴〉這首詩的視角，無論是「讚美賢妃、警惕君王」的領導階層，還是兢兢業業的基層公務人員，或只是平凡夫妻日常起居的私密情趣，全都反映出「有夢最美，築夢踏實」的生活信念。從夫妻對話開場，創作技巧別出新意，開發出活潑生動的「戲劇」元素，像一齣不斷搞笑又藏著深意的舞臺劇，在「古裡古氣」的《詩經》作品裡，嶄露活潑熱鬧的現代生活節奏。

第一句「雞既鳴矣」，點出熟睡的妻子忽然被驚醒的畫面。齊國的繁華安定，想必是依賴嚴謹的制度和集體的認真所建構出來的，公務員不能鬼混，妻子們也跟著緊張兮兮，立志做成功男人背後的「推手」。果然，她手一推：「快起來！雞這一叫，朝既盈矣，滿朝百官齊集，人都滿啦！」

「別吵，不是雞叫，是蒼蠅的聲音啦！」懶洋洋的上班族翻了個身，悶在被子裡隨口應了句，連眼睛都懶得打開。這時，時間還早，緊張的妻子不敢再入睡，怕一睡就就睡過頭；好不容易等到清晨的陽光露出曙色，雲朵的金邊衝破黑暗，這一家、那一戶的「公雞鬧鐘」，一起叫起來了！妻子嚇一大跳，慌忙推著賴床的先生：「天亮了，快起床，整個朝廷人擠人啦！我都聽到吵吵鬧鬧的聲音了。」

「不是太陽啦！是月光，月亮就是這麼亮啊！」先生快受不了啦，翻過身不理她。到最後，上朝的時間「真的」快到了，再繼續賴床下去，絕對來不及，眼看「文」的不行，太太只好採取「武裝暴力」，用力推著先生，一直推一直推，直到把他「推」醒。整首詩先聽聲音，再看天色，在視聽間，既想耽於享樂又不能不警惕，先用真摯的「情」——「蟲飛薨薨（ㄏㄨㄥ ㄏㄨㄥ），甘與子同夢」墊在底層，接下來鋪陳嚴謹的「義」——「會且歸矣，無庶與子憎」，把「情」這顆小種子做為原生的「點」，伸展出「義」這片小芽。情與義糾纏在一起，愈是想千絲百縷的「甘與子同夢」，愈必須確立「無庶與子憎」的信念和努力，以最柔軟的姿態、最堅定的

支持，一生牽念，無愧、無懼、無悔的綁在一起。

回到現實，對照我們平時上學、上班前的樣子，鬧鐘調了好幾個，無數個「再十分鐘」、「再五分鐘」、「再稍等一分鐘」……總算在最後一秒鐘趕上了，或者剛好趕不上。這就是我們的每一天，走在時間絃上，身不由己的彈奏各種高低音，停停響響，有時難免疲累、怠工，只想躲起來，不想繼續再緊繃下去，讓人聯想起這個小故事：

「起來！八點多了。」辛苦的媽咪，每天得奮力敲著兒子的門：「快遲到了，還不趕快去學校？」

「媽咪，我不想起來。」孩子蒙在被子裡賴床：「我真的不想去學校。孩子們會嘲弄我，老師討厭我，連警衛也不喜歡我。」

「你給我起來！」媽咪衝進房間，用力推著兒子大吼：

「你一定要去學校，因為，你是校長！」

多有趣啊，校長也想賴床呢！就像〈齊風．雞鳴〉這首詩，充滿了新興的戲劇節奏。一邊推進、一邊偷懶，一路展現、一路成長，才算扣住這個隨時在變動、不斷滿足慾望、立刻又失落茫然的時代，認真發出屬於我們這個時代的聲音。

我們很難再繼續忍受「一定要等到最後一集才幸福」的連續劇；在真實人生裡，我們也愈來愈不喜歡「吃苦耐勞，堅忍卓絕，到最後一定會成功」的勞碌暗示。人生的行進速度愈來愈快，社會規則的變動也時時在翻新，再也沒有標準答案，只能學了又問，且問且學。在每一個轉彎處，適應改變，且樂且走，且行且歌。在每一個瞬間都開開心心的，收藏一點點驚喜，累積一點點智慧，完成一點點改變，透過專注和努力，扎實面對眼前每一個挑戰。

抱定熱情和夢想，無論成功或失敗，一定要很努力，比自己原來想像的還要更努力！距離目標或遠或近，總是要帶著笑容，享受所有「不一樣」的變化，這才叫做「追夢」。

五

雅音——有我在的地方就有芬芳

〈小雅．鹿鳴〉，預約平等安定

遇見詩

〈小雅．鹿鳴〉

呦呦[1]鹿鳴，食野之苹[2]。我有嘉賓，鼓瑟吹笙。
吹笙鼓簧[3]，承筐是將[4]。人之好我，示我周行[5]。
呦呦鹿鳴，食野之蒿。
我有嘉賓，德音孔昭[6]：「視民不恌[7]，君子是則是傚[8]。」
我有旨[9]酒，嘉賓式燕以敖[10]。
呦呦鹿鳴，食野之芩。我有嘉賓，鼓瑟鼓琴。
鼓瑟鼓琴，和樂且湛[11]。我有旨酒，以燕樂嘉賓之心。

❶ 呦呦：鹿群溫柔相應的叫聲。

❷ 苹，蒿，芩：這三字，寫的都是山野中極易找到的菊科植物，可食，帶著淡淡清香，不妨想像一下山茼蒿的味道，可以相互參照。這就是詩經修辭法「賦比興」的「賦」：透過一遍又一遍的鋪陳，排比出緊密關聯的人、事、物，加強語勢，渲染出更細膩的情緒。

❸ 笙，簧：笙是竹管樂器；簧是樂器裡的發聲薄片。

❹ 承筐是將：筐，盛物的方形竹器；將，進獻。用以強調「誠懇的奉上禮品」。

❺ 周行：大道，引申為人生至理。

❻ 德音孔昭：德音，美好的聲譽；孔，很；昭，亮。形容深受敬重的人格。

❼ 恌：輕薄放縱。

❽ 則，傚：「則」是楷模，移做動詞，意義同「傚」。是則是傚，也是一種排比，做為仿效楷模。

❾ 旨：甘美，同「脂」字。

❿ 式燕以敖：式，語助詞；燕同「宴」，敖同「遨」，在宴飲中共同嬉遊，和樂融融。

⓫ 湛：深厚。

鹿群在叫了喔！呦（ㄧㄡ）呦（ㄧㄡ）如歌，輕輕穿過草原，大夥相互呼喚著，來啊，這美麗的原野，有這麼多好吃的野菜和鮮草，讓大家自由徜徉。我們也一樣啊！客人快來，現場演奏的音樂都準備好了，彈琴、吹笙，一道一道精心準備的美食，慷慨的用大籮筐獻上。別客氣啊！讓我們一起分享，一起想像著共好的未來，大家要腦力激盪，找出最好的做法，前往更美好的遠方。

鹿群相互呼喚，輕鬆自在的分享。我的客人啊，品德高尚又有智慧，提醒我：「尊重別人，就是最好的教養，每一個人都有值得學習的優點。」宴會上的美酒香醇而動人，最讓我珍惜的卻是這些重要的叮嚀和提醒，讓我們遨遊在天地間，讓世界看見更多的希望。

啊，鹿群歡喜呼喚著、分享著，沐浴在原野的寬闊和芬芳。我們就是這樣啊！琴瑟交響，莊嚴美好的樂音伴著美酒、饗宴，賓客們盡興同歡，隨著秩序和規則慢慢放鬆，我們一起共享歡愉和夢想。

交一個新朋友，叫做詩

十五國風的第一篇詩是〈關雎ㄐㄩ〉，描寫生命從孤單到並肩的圓滿，這是深情的起點。這些純粹民間生活裡的個人感慨和悲歡離合，讀起來輕鬆自在，小小的哀喜，小小的浮沉，像小美人魚化成泡沫，在陽光下靜靜飄泊成浮塵。

當這些碎細的泡沫，翻裹著小小的疼痛和心惜，隱入大片的汪洋，無邊無涯延續的大世界，就跨進以國家整體思索為目標的〈小雅〉。小人物的情志，替換成天寬地闊的可能和太平盛世的嚮往，在閱讀上，形成強烈的差異。

初萌芽的文明累積成群體秩序，貴族和一般平民的生活，愈隔愈遠，小雅的第一篇詩〈鹿鳴〉，致力於拉近君臣間的距離，打破社會階級差異，讓人們相互靠近。現代觀念裡的「人人平等」，可不是件簡單的事，在原初部落，人民想要生存、變強，為一個說不清的「部落未來」而死，讓貴族階層享盡特權，都是再自然不過的過程。

想要打破人際距離，形成情感聯結，最簡單的「高速公路」就是辦宴會！用音樂、美食、有趣的聊天話題，醞釀出心情和意見的交流，古人說，這就叫「通上下之情」：趁大家被芬芳的美酒薰得有點醉意時，你敬我、我敬你，一片和樂融融，勇敢唱出「視民不恌（ㄊㄧㄠ），君子是則是傚（ㄒㄧㄠˋ）」的夢想。人民並不輕賤，彼此尊重，就可以相互學習。這也啟發了孟子「民為貴，社稷（ㄐㄧˋ）次之，君為輕」的思想。

在《詩經》世界裡，人們透過文學的嘗試，開啟各種各樣文化思想的可能，成為非常多文學型態和思潮辯論的起點。沒有人是天生鄙賤的！先承認這個事實，才足以革除輕視、草率、隨便，開啟後來「得天下者得其民，得其民者得其心」的民主思想。

為了鋪陳這個驚天動地的「思想革命」，詩人請出了一大群鹿來設計「演出舞臺」。鹿在古代，一直被視為「德獸」，極愛乾淨，一點點髒的水草都不吃；非常合群，只要一隻鹿找到水源和鮮草，就會呼喚伴侶、親族、朋友，大家一起分享，所以大部分的人，尤其君臣之間，都希望以鹿做榜樣，求其友，得其侶。領導者以最高禮儀致贈禮物表示心意；幕僚的好則表現在「周行(ㄏㄤˊ)」：周全的行事原則。互相信任、彼此依存的治國方針，才能讓大家和樂融融，既長且久。

〈關雎(ㄐㄩ)〉一詩，以抒情「得人」，這是個人的圓滿；〈鹿鳴〉一詩，藉表意「乞言」，追尋團體的安穩。無論是個人或國家，圍繞身邊的人如果敗德，世界就會腐朽；若身邊的都是有德之士，慢慢的，生活將變得清亮、華燦。藉由一場又一場溫柔宴會，唱出一首首歡樂的詩，用感性的「情感交流」來包裝理性的「信念和原則」，這就是「詩」的教養，從裡到外，雙向兼修並行，讓家國安定。

〈小雅・采薇〉，沒說完的故事

遇見詩

〈小雅・采薇〉

采薇[1]采薇，薇亦作止[2]。曰歸[3]曰歸，歲亦莫[4]止。
靡[5]室靡家，玁狁[6]之故。不遑啟居[7]，玁狁之故。
采薇采薇，薇亦柔止。曰歸曰歸，心亦憂止。
憂心烈烈[8]，載[9]飢載渴。我戍未定，靡使歸聘[10]。
采薇采薇，薇亦剛止[11]。曰歸曰歸，歲亦陽[12]止。
王事靡盬[13]，不遑啟處。憂心孔疚，我行不來[14]。

彼爾維何[15]，維常之華[16]。彼路[17]斯何，君子[18]之車。
戎車[19]既駕，四牡業業[20]。豈敢定居，一月三捷。
駕彼四牡，四牡騤騤。君子所依，小人所腓[21]。
四牡翼翼，象弭魚服[22]。豈不日戒[23]？玁狁孔棘[24]。
昔我往矣，楊柳依依[25]；今我來思[26]，雨雪霏霏[27]。
行道遲遲，載渴載飢。我心傷悲，莫知我哀！

❶**薇**：野豌豆。

❷**薇亦作止**：作，生；止：語助詞。野豌豆啊！這樣自由自在的漫生漫長。

❸**曰歸**：曰，說，總想著回家。另一說曰是語助詞，無特別意義，就是想回家了。

❹**莫**：「暮」的本字。歲暮，一年將盡之時，寒冷而思鄉。

❺**靡**：無。

❻**玁狁**：北方少數民族。在春秋時稱為「狄」；到了戰國、秦、漢，稱「匈奴」。

❼**不遑啟居**：遑，閒暇；不遑，沒空。啟，跪坐；居，安居。意指不斷遷徙，連坐下來的時間都沒有，沒有正常的生活，更不可能安居樂業。

❽**烈烈**：火勢很大的樣子，意指憂心如焚。

❾**載**：語助詞。

❿**我戍未定，靡使歸聘**：戍，駐守；定，安定；使，傳達消息的人；聘，探問。意指駐防遷徙，居無定所，連家裡的消息都無法送達，人們失去聯繫。

⓫**剛**：粗硬。野豌豆從初生嫩葉變粗老，邊荒窘促，生活條件很差，回家的希望渺茫。

⓬**陽**：陽月，農曆十月，小陽春季節，一年又快要結束了。在除了呈現征途艱難之外，也表現時間拉長後的疲倦憔悴。

⓭**盬**：休止。

⓮**憂心孔疚，我行不來**：疚，痛苦、生病；孔，非常；來，回家。好難過啊！只能

不斷行進，一直無法歸鄉。

⑮ **彼爾維何**：爾，「薾」的假借字，花盛開；維何，是什麼？

⑯ **維常之華**：常，常棣，就是郁李花，又稱西洋梅；華，「花」的古字。

⑰ **路**：同「輅」，高大的馬車。

⑱ **君子**：「領導者」和「有德性的人」。在古代，有德性才能帶領大家求生，所以「領導者」也必須是「有德性的人」，出征時則代表將帥。

⑲ **戎車**：兵車。

⑳ **四牡業業，四牡騤騤，四牡翼翼**：牡，拉兵車的威武雄馬；業業，高大；騤騤，強壯；翼翼，行止整齊熟練。

㉑ **君子所依，小人所腓**：依，乘坐；小人，相對於「君子」，指士卒；腓，「庇」的假借，藉以隱蔽的依靠。

㉒ **象弭魚服**：象弭，象牙鑲飾的弓；服，「箙」的假借，魚服就是魚皮製成的箭袋。意指軍備盛壯。

㉓ **日戒**：每日警備。

㉔ **棘**：同「急」。

㉕ **依依**：柳枝隨風飄拂。

㉖ **思**：語助詞。

㉗ **雨雪霏霏**：雨，動詞，下著雪；霏霏，雪花飄飛紛落。

採薇啊採薇，路邊的野豌豆發芽了。快過年啦！好想回家，可惜玁狁在邊界作亂，沒空休息，更沒辦法成家。

採薇啊採薇，野豌豆這樣柔軟。想到回家，心裡變得特別悲傷，憂心如焚，又饑又渴，沒有固定的駐守地點，和故鄉家人的往返問候，全都斷了線。

採薇啊採薇，野豌豆變老了。愈來愈想回家，時間拉得好長，四季轉換，小陽春到了，一年又快結束，戰事不斷，無法安居，行軍途中只剩下無止盡的悲傷，好像永遠都回不了家。

路邊盛開的是什麼呢？是漂亮的棠棣花啊！那高大馬車又是誰的？是偉大將帥的車呢！兵車開拔了，高大雄壯雄馬往前奔，誰敢停下來？誰不是奮力向前衝！瞧，前線不斷傳來捷報。

這威盛強壯的馬車啊！將帥高踞壓陣，士卒靠車掩蔽。行進整齊的軍容，鑲飾象牙的弓和耀眼的魚皮箭袋，展現著堅強的實力，玁狁侵擾迫在身邊，我們怎敢不日夜警戒？

回想當年出征，楊柳隨風飄曳；現在返鄉時雨雪紛飛，道路泥濘漫長，又飢又渴，心中的悲傷，又有誰知道呢？

交一個新朋友，叫做詩

這首詩，是一部龐大的《邊荒戰紀》三部曲。

第一部，分三章，開場用大自然的野豌豆反覆疊句，像黑白素描，搭配簡單的牧歌，表現出天真小兵一路走來艱難又漫長的從軍歲月。

對照十五國風的〈采葛〉裁衣，盤旋在思念和擔心，生活還是安靜的往前；到了〈采薇〉行軍，四地蔓生的野豌豆，像魔法舞臺，鋪陳著世界的故事和心情的變化。新鮮的嫩芽，是報效國家的青春期盼；等莖長了長，時間在不斷拉鋸的戰爭中，無止無盡重複；直到野豌豆都變老了，想家，就成為太多傷痛和死亡裡的幻夢救贖。遠別的思念、家室的破碎、歷久不歸的悽苦，隨著由嫩而老的荒野蔓草和從春到秋、從冬復夏的時光流逝，天地四時的輪迴瞬息，自然萬物的生死消長，都見證了生命的滄桑、人生的光影。

每一個國家，每一個時代，總會有一些外侮，世界從不曾迎接過真正的和平。為了大一統的國家安全，小我的情愛和溫暖，都必須捨棄，先是「靡室靡家」，捨棄家的護衛和成全，鬆開對歸屬的渴望和追尋，這是人生中的第一層考驗，一種愈放愈深邃的**悲**。接著「不遑啟居」，這是一種心靈憔悴的**勞**。在顛簸流離的路上飢渴煎熬，無止無休，這是**苦**。再對照〈君子于役〉的「苟無飢渴」，才知道「靡使歸聘」，家書斷絕的混亂，成為內心糾結的**憂**。

「勞」和「苦」是外在困頓，是個人處境的磨練；「悲」和「憂」是心裡折磨，聯繫到家的牽纏。一個冷酷的人，沒有家的眷戀，就不會悲、不會憂，只需要容忍勞和苦就夠了。但是，愈是亂世，愈不能一個人這樣孤孤單單活著，沒有牽掛，就沒有活水，掏著掏著，整個人掏乾了。在疼痛紊亂裡，我們更需要靠思念撐持自己，帶著希望活下去，在這漫長時空描寫亂世折磨的同時，也讓我們領略亂世的疼痛和深情。

速寫這些小人物小情小愛的蒼茫後，轉向第二部，分成兩章，野豌豆變成複瓣鮮豔的郁李花，用油畫般的鮮豔濃彩聚焦大英雄的「特寫鏡頭」，演奏出磅礴的交響樂。

周宣王領軍征伐玁（ㄒㄧㄢˇ）狁（ㄩㄣˇ），傾全國之力打造出來的軍隊，無論軍馬、行伍、服飾、軍備……處處繁華豐盛，像一片花海：最大的車，最好的馬，最華麗的弓箭，簇擁著最輝煌的領軍大將，就是最美、最豔、最耀眼的核心鏡頭。一月三捷的「三」，是指多數，大夥一路狂奔，從不休息，靠著勝利的消息支撐，無所畏懼的往前走；以兵車為圓心，將帥守中，所有士卒們奮力環護，展現強大的決心，鎮壓從文王建國以來騷擾不斷的邊患。

最後一章，迎來第三部大結局，戰爭贏了，卻沒有帶來幸福快樂的日子。像刮畫，所有的五彩繽紛，都被大片的黑蓋住，在秦腔沙啞的晚唱中，刮出一點點記憶的鮮色。

在〈小雅〉的篇章裡，除了〈采薇〉，還有〈出車〉、〈六月〉，都在描寫周宣王攻打玁狁的經過，到了晚期，連年征戰的嚴酷流離，人們生活窘促，國勢傾頹，誰也沒想到，這場光榮輝煌的戰爭，記錄到最後，竟然這麼悲傷。

「昔我往矣，楊柳依依；今我來思，雨雪霏霏。」成為充滿暗示的千古名句。以前我們要出發的時候，楊柳這麼柔軟，整個世界正在萌芽，我們正青春鮮嫩；現在，雪下得無邊無涯，一年撐過來又是一年，人生就這樣過了，再急著回家、再盼著牽戀的人，力氣也都抽空了。

「行道遲遲」四個字，寫盡憂苦。遠行的人，誰不盼著趕快回家呢？萬一家已破碎，人已不在了呢？腳步愈來愈慢，其實也在延緩揭開答案的瞬間；載渴載飢，慢慢承受這一路上外在的折磨，直到家門前，家的現況又是如何呢？詩句最後，留下荒涼的答案：「我心傷悲，莫知我哀！」

所有沒說完的故事，一天又一天，一年又一年，等著我們慢慢想像和拼組。

〈小雅・蓼莪〉，迎向寬闊美好

遇見詩

〈小雅・蓼莪〉

蓼蓼者莪[1]，匪莪伊蒿[2]。哀哀父母，生我劬勞[3]。
蓼蓼者莪，匪莪伊蔚。哀哀父母，生我勞瘁。
缾之罄矣[4]，維罍[5]之恥。鮮民[6]之生，不如死之久矣。
無父何怙，無母何恃[7]。出則銜恤[8]，入則靡至。

父兮生我，母兮鞠我[9]。拊我畜我，長我育我；
顧我復我，出入腹我[10]。欲報之德，昊天罔極[11]！
南山烈烈[12]，飄風發發[13]。民莫不穀[14]，我獨何害？
南山律律，飄風弗弗。民莫不穀，我獨不卒[15]？

❶蓼蓼：植物茁長，充滿生機的樣子。
❷匪莪伊蒿，匪莪伊蔚：匪，同「非」；伊，是。莪、蒿、蔚，皆外形相似的多年生草本植物。
❸劬勞，勞瘁：勞累。
❹瓶之罄矣：瓶，較小的取水容器；罄，盡。意指瓶子裡沒有水了。
❺罍：盛水器具。
❻鮮民：鮮，孤寡；民，人。意指相對於君子的小人物。
❼怙，恃：皆指「依靠」。
❽銜恤：含憂。
❾鞠：養。
❿拊我畜我，顧我復我，出入腹我：拊，通「撫」；畜，通「慉」，喜愛；顧，顧念；復，來回惦念不忍離去；腹，抱在懷裡。
⓫昊天罔極：昊，廣大；罔極，無邊無涯；父母恩德比蒼天更廣大，無以回報。
⓬烈烈，發發，律律，弗弗：烈烈和律律，山風極大；發發和弗弗，風吹強烈。
⓭飄風：飆風，急起的暴風。
⓮穀：善。
⓯卒：終，指養老送終。

這應該是莪，也就是依戀母叢的「抱娘蒿」吧！生機盎然的竄長出來。啊，不是，原來是常見的青蒿，像平凡的我。想起為我付出一切、受盡勞苦的父母親，好可憐。

以為看到了依戀母叢的抱娘蒿，結果是普通的蔚——無用的牡蒿。就像看到辛勞的父母親，付出這麼多都沒得到回報，多麼讓人感傷啊！

喝著這一小瓶一小瓶的酒，酒都沒了，就是大酒罈的恥辱。我孤零零活著，無人聞問，這漫長的日子，宛如幽魂。沒有父親可以信賴，沒有母親可以依戀。出了門，心懷憂傷；跨進家門，還是魂不守舍，沒有家人的家，還算家嗎？

爸爸媽媽啊！您們生我、愛我、撫慰我、養育我、拉拔我、庇護我，不厭其煩的照顧我，無時無刻抱著我。想要報答，這些恩德卻像天地一樣浩瀚，無論怎麼回報都不夠吧？

南山好高，帶給大家安定，人們看起來都好幸福啊！暴風忽起，怎麼只有我一個人這麼不幸呢？

南山好高，庇護大家幸福，暴風驟來，怎麼只有我不能好好孝養我的父母啊？

交一個新朋友，叫做詩

十五國「風」，是古人在艱難生活中慢慢萌生出來的獨特個性和幽微情感，屬於「小鏡頭」的特寫放大。「雅」則是古代行政階層的集體提醒，〈大雅〉是公告；〈小雅〉是見證，是一種「大歷史」的整體俯瞰。

讀〈小雅〉，我們可以理解成日常生活：〈鹿鳴〉是校長致詞，用簡短的「座右銘」，提醒我們待人處事的原則，讓我們每一天的學習和成長，有一個明確的方向。〈采薇〉是全校總動員，確立奮鬥方向，進入嚴苛的人生競賽，像小說般的奇幻歷險，無論是《魔戒》、《哈利波特》、《貓戰士》，或任何我們喜歡過的小說，在最後的決戰之前，總會有這麼多的考驗和失落。到了〈蓼莪〉，放學回家了，脫下制服，不必再考試，也沒有任何競賽了，卻發現自己找不到爸爸媽媽，打開日記，面對一頁又一頁空白，腦子裡浮出來的都是爸爸媽媽的辛苦，到底自己為爸爸媽媽做過什麼呢？這時，我們是不是很傷心？究竟，要怎麼表達自己的心情呢？

〈蓼莪〉這首詩，就像寫作前的「作文小叮嚀」，全面整合結構層次，讓我們學會如何表達出深刻的感情。**背景**從體貼父母的角度開始，凸顯心中的「哀」；再延伸生活**細節**，寫出失親的「苦」；接著揮出時間魔法棒形成**變化**，盪開時空，回到童年，回想父母親養子之「勞」；到最後，從絕望呼告：「為什麼只有我？」的無限悔恨。回到真實生活，如果我們的父母親還在身邊，就會非常慶幸「還好不是我」，從一路醞釀的哀、苦、勞中，鍛造出動人的**結論**：珍惜當下，及時付出愛和努力，就算只有一點點能力、一點點微小的志向，還是得認真實踐，開創出自己的人生。

理解了整體結構，我們就更能領略詩意。**背景**從一大片生機燦爛的水岸草原開始寫起，鋪陳出每一片葉子、每一次抽芽的瞬間，陽光照耀、好風好水，讓我們感受到生命茁長

的喜悅，接著意外發現，還以為是鮮嫩好吃的「莪」，沒想到是好苦的「蒿」、好粗的「蔚」。這樣的失落，讓我們想起爸爸媽媽也曾經期盼我們對社會付出貢獻，誰知道我們沒做好，辜負了大家的期望。這一整段，面對的生命真相是「死」，卻因為不忍心，所以用「生我劬勞」來呈現無從挽回的哀痛。「生」這個字，就變成最深情的「詩眼」。所以，後來有一個成語叫「蒿蔚之志」，和「誰言寸草心，報得三春暉」一樣，提醒我們及時行孝，和父母親的全面奉獻比起來，我們相對付出的，其實都很少。

接下來的**細節**，從靜態開始描寫，難過的寄託在酒杯裡，希望求得一醉後就可以忘掉痛苦。誰知道，才喝沒幾杯，小酒瓶就空了，讓自己想起「缾之罄矣，維罍之恥」。

「缾（ㄆㄧㄥˊ）」是酒瓶，「罍（ㄌㄟˊ）」是酒甕，酒甕的生存意義，就是要記得把酒倒進酒瓶裡，現在，當我們終於有能力壯大成寬闊的酒甕，準備回報父母親時，誰知道，酒瓶空了，父母親也不在了。酒甕沒有機會再倒酒，是酒甕的恥辱，也是最大的憾悔啊！來不及孝順的我們，活著，還不如死。抽空了依存的溫度和深情，藏在詩裡的感傷，在最脆弱時轉為動態，用聲音進一步強化憂苦，出門時沒人分享：「爸爸，媽媽，再見！」回家時多想開心的喊一聲：「我回來囉！」日子每一天空蕩蕩的旋轉，含著悲傷，回到家也好像沒有家。

這樣的痛苦和絕望，如果寫盡，就顯得太枯澀了。到了這時，放下吶喊，運用文字的魔法拉開距離，從「無親之苦」轉彎，特寫鮮嫩的嬰幼兒，藉著照顧的繁複，凸顯出「養子之勞」，形成**變化**。漫長的「父兮生我，母兮鞠我。拊我畜我，長我育我；顧我復我，出入腹我」像電玩過關，無邊無涯，無止無休。永遠在「看不到成就感」的工作裡反覆，從不後悔，簡直想不出還有什麼力量可以相較，任何時候仰首，父母之恩如浮雲悠悠，綿延遼遠，永遠沒有邊際。

從高山上颳下來的旋風，把傷痛困鎖在無解的遺憾裡，成為最後的**結論**。大家都好，為什麼只有我不好？這是一種「天問」，也是一種「自我提醒」。人生匆匆，浮沉禍福隨時會發生，傷痛意外，不可能只有我，也不可能只有這陣旋風，我們只能接受真實的自己，珍惜每一天，當下盡己，在每一個瞬間更努力，當然就有機會迎向寬闊美好的未來。

世界很大，每一天都會發生新的可能。千年前的詩人，一定沒有想到，從諾貝爾獎頒給「青蒿素」對防治瘧疾等傳染性疾病的貢獻後，當時又苦、又粗、又無用的「蒿」和「蔚」，現在都成為全世界藥物研究的明星了！

卷四

當《詩經》遇見現代生活

熟悉的成語殿

無論是東方的成語、名句，或者是西方的格言、諺語，皆凝聚著漫長時空的文明精華，打造「文學的語境」，傳遞悠遠的脈絡和豐富的內涵，在歷史演變中，慢慢融進一些故事、一些典故和許多相互滲透的領略，讓我們累積語彙，擴大視野，培養學習樂趣；增進創作能力，深刻感受語言對談或文字經營展現出來的文學魅力，生動簡潔、形象鮮明。

引用成語和名句時，不需特別勾勒出一個故事或一段時間變化，透過「不必說出來的餘味」，反而能展現多元延續的情感和哲理。最微妙的美好，在於「暗示」：不能貪多，一兩個成語已然足夠，一篇文章的典故引用，最多也不要超過三個，不斷套用各種成語和佳詞美句，會讓作文變平庸，更可惜的是，會磨平每個創作者的獨特個性。

文字裡太常出現「依依不捨的離開爺爺家」、「下雨天的落湯雞」……這些句子，真情消失，只剩下早熟的僵硬。對照這些「早慧」的成語，反觀天真的孩子，用「爺爺抱著我，像肉包的皮，我是肉包裡的肉，軟軟的，好快樂！」來具體化「依依不捨」；用「下大雨，我們全身都淋溼了，像掉在泥巴裡，腳都舉不起來」表現「落湯雞」的情境，這些素樸的描述，更表現出不能複製的感覺與體驗，精準再現風情歧異的人生階段。

翻讀《詩經》，體會從遙遠民歌裡傳遞出來的歡樂和痛苦，會發現好多熟悉的成語、名句，都是從《詩經》裡衍生出來。當我們走進這座熟悉的成語殿堂，欣賞著歷經三千多年淬鍊出來的深情和智慧，再對照我們的真實生活，更要懂得擁抱真誠、珍惜當下，才能在這些成語、名句裡，檢視自己，觀察世界，理解人生，咀嚼出認真動人的生命印記。

窈窕淑女

〈周南．關雎〉窈窕淑女，君子好逑。

「窈窕」是美好，「淑女」強調女子的溫和善良，是人美心更美的典範，一方面建立想要親近或學習的榜樣，另一方面也是不斷精進的自我要求。

活用 和姊姊一起旅行時，發現她就是窈窕淑女，言行充滿智慧，無論我們多麼疲倦，看到她笑，就感到安心了。

參差不齊

〈周南．關雎〉參差荇菜，左右流之。

長短、高低不齊，形容水平不一。

活用 這次的參展作品沒有經過初賽篩選，水準參差不齊，比起以前，有的更遜色，有的卻表現出更強烈、新鮮的嘗試。

寤寐求之

〈周南．關雎〉窈窕淑女，寤寐求之。

無論醒著、睡著，連做夢都在追求，形容迫切想得到某種事物；注入現代語言的活水後，也有人寫成「夢寐以求」。

活用 寤寐求之的苦練，並沒有讓我們得到勝利。輸掉大賽後，我們才發現，生活需要調節，夢想需要平衡。

輾轉反側

〈周南．關雎〉悠哉悠哉，輾轉反側。

躺在床上翻來覆去，睡不著覺，形容心裡有所思念或心事重重。

活用 遇到困難時，我總是卡在現實和噩夢間輾轉反側，直到一次又一次思索，才能想出方法，努力克服。

夭桃穠李

〈周南・桃夭〉桃之夭夭，灼灼其華。

〈召南・何彼穠矣〉何彼穠矣，華如桃李。

ㄠ，鮮嫩；穠，繁盛，用來形容各種不同風情的新娘子都很美，多半用來祝賀婚娶；也可以形容青春的美麗和短暫；後來，有人轉用同音字「逃之夭夭」，對逃跑注入詼諧和嘲諷的意味。

活用 看著母親的照片，好感動，她那夭桃穠李的青春美好，都轉換成照顧我們的呵護和溫暖。

宜室宜家

〈周南・桃夭〉之子于歸，宜其室家。

形容婚姻美好，家庭和順。

活用 幸福家庭，不能只依賴一個人的努力；宜室宜家，是全家人共同努力和珍惜的願望。

凱風寒泉

〈邶風．凱風〉凱風自南，吹彼棘心；爰有寒泉，在浚之下。

凱風是和風，比喻母愛；寒泉是勞苦和憂患。一方面呈現母親對子女的無限付出，另一方面凸顯子女對母親的深切思念。

活用　一聽到外婆住院，母親立刻流下眼淚，連我都一起強烈感受到凱風寒泉的思念。

一日三秋

〈王風．采葛〉一日不見，如三秋兮。

三秋，三個季節，也就是三年輪迴。形容思念殷切，分別時間雖短，卻覺得過了很久。

活用 第一次出門在外，到了晚上，特別想家，真的是一日三秋，一肚子的想念都沒人可以傾訴。

風雨淒淒，風雨如晦；風雨雞鳴

風雨淒淒，雞鳴喈喈。〈鄭風・風雨〉

風雨如晦，雞鳴不已。〈鄭風・風雨〉

「風雨淒淒」和「風雨如晦」，形容風雨昏灰如黑夜，用來比喻人間險惡；「風雨雞鳴」則更能凸顯身處險惡處境，始終不改堅持的操守。

活用 我們在人生考驗中孤獨前行，風雨如晦，幸好總會遇到幾個朋友，為我們撐起遮蔽風雨的傘。

活用 疫情席捲全球，只要大家團結起來對抗病毒，風雨雞鳴，很快就能迎接曙光，一起撐過災難。

載飢載渴、載渴載飢

〈小雅．采薇〉憂心烈烈，載飢載渴。

〈小雅．采薇〉行道遲遲，載渴載飢。

表現出又餓又渴的極端情緒。

活用 弟弟最幼稚，對著玩具櫥窗裡的模型，露出載飢載渴的表情，我一看，忍不住就笑了。

哀哀父母

〈小雅．蓼莪〉哀哀父母，生我劬勞。

原指古代暴政下的人民，終年在外服勞役，無法照顧父母病痛，直到老死而憾悔；到了現代，真情真意的表達對父母的深厚感情。

活用 與其沉溺在哀哀父母的感嘆，不如好好珍惜在家裡的每一天。

昊天罔極

〈小雅·蓼莪〉欲報之德，昊天罔極。

用無邊無涯的天空，形容父母的恩德深厚，無以回報；到了現代，也用來懷想照顧過我們的每一個長輩。

活用 如果沒有祖父的教養，我不可能有現在的成就。這昊天罔極的恩惠，即使一天又一天的陪伴他，還是覺得，有太多的感謝來不及讓他知道。

深邃的名句坊

走過熟悉的「成語殿堂」，我們還可以更進一步，踏進「詩經名句創作坊」，尋找驚人的「文學寶庫」。這些精采名句，不僅蘊含漫長時間淬鍊出的智慧，還有很多滲透到靈魂裡的深情和領悟。

隨著時空變遷，有些文字游動，已經在古代和現代間拉開距離，有點熟悉，又有點陌生。這種熟悉又陌生的多元運用，撞擊出豐富的涵義和用法，形成朦朧中帶著啟示的深邃感，更值得我們在此時此地，反覆咀嚼。

關關雎鳩，在河之洲；窈窕淑女，君子好逑。

〈周南．關雎〉

雎鳩鳥兒在水洲上翱翔，一路相互呼喚，讓我們深刻感受到天地萬物的吟詠，這便是對「最美的時光」最真誠的讚頌。在發現和追尋中領略「滿足」、「珍惜」和「分享」，就是幸福。

這句話，常用來表示交朋友的開始、學習的起點，或一個為自己設定的追尋標準。到了現代，也可以運用同音字在聊天時「要幽默」，當君子遇見淑女，如何投出好「球」呢？別忘了，我們嚮往的目標，也是一位「超級大淑女」，等著我們投出人生的好球喔！

考槃在澗，碩人之寬。獨寐寤言，永矢弗諼。

〈衛風．考槃〉

在山澗間蓋小屋，不管大小，只要心情開朗，住起來就特別寬闊舒適。

這句話提醒大家，不要太在意別人的標準，不必太擔心在朋友圈要不要戴面具。學會和自己相處，聽聽自己的「心」想要做什麼。一個人，靜靜感受生活的變化和學習的進步，就能發現一種「不必說出來就很滿足」的快樂。

日之夕矣，羊牛下來。君子于役，如之何勿思？

〈王風・君子于役〉

黃昏到了，雞群回家，牛羊下山。停下一整天的忙碌，開始深深的想念。

這句話，有種「把應該做的事做好，生命就會好轉」的安定感。即使有悲傷與失落，好好努力，也能找到溫暖；到了現代，很適合在黃昏時，停下一天的忙碌，吹吹風，看看夕陽，並且套用句型，編織「日之夕矣，媽媽回來」、「日之夕矣，大家一起課輔」的生活溫度。

青青子衿，悠悠我心。

〈鄭風・子衿〉

領略過「想起那青色衣領，就像漫漫汪洋」的思念嗎？在這世間，只要有了感情，就會有許多美麗的牽戀和聯想。「記得綠羅裙，處處憐芳草」，喜歡的那個人，在送別時穿著綠裙子，從此以後走過綠色草原，每一個步伐都藏著思念。

這句話，用簡單的八個字濃縮豐沛的感情。很多人在面對學業、感情或志向時，最喜歡用這句話來表示自己的心意；在寫作、寫歌、出書、創業，或只是做一張海報時，也都很適合做為標題。

既見君子，云胡不喜？

〈鄭風・風雨〉

在風雨中相見，怎麼可能不歡喜呢？可是，真實的人生就是有很多不如意啊！我們在快樂時擔心失去，在悲傷時又特別想要做個好夢，到最後又怕只是空歡喜。

這句話，情感變化很豐富。金庸在《神雕俠侶》中描寫，楊過受傷後被程英救回，對著她的背影，看她不斷寫著一張又一張字紙，後來，他想辦法撿起每張揉皺的紙團攤開一看，內容都是「既見君子，云胡不喜？」他覺得自己不是什麼君子，卻不知道，程英糾結的心事就是：「這麼喜歡的人，只見這一次，到底歡不歡喜呢？」

南有喬木，不可休思；漢之廣矣，不可泳思。

〈周南．漢廣〉

南方有棵大樹，只能仰望，沒有樹蔭可以休息；漢水太寬了，根本不可能泳渡。如果夢想艱難，我們還要不要立定一些「看起來不一定會成功，但值得更努力」的志願呢？

這句話，藏著強烈的「追夢勇氣」。如果我們想要組一個機器人團隊，或者是寫一本火箭升空的熱血小說，就可以把隊名或書名叫做「南方有喬木」。

蒹葭蒼蒼，白露為霜。所謂伊人，在水一方。

〈秦風・蒹葭〉

漫天蘆葦，籠罩在清晨的濛濛霧裡，隱隱約約露出我們想念的人和追尋的夢想。看起來就在對岸，只是，無論怎麼逆流苦尋、順流漂盪，卻總是在水中央，像迷夢一場。

多美啊！又是多麼遙不可及。這句話被公認是《詩經》最浪漫、運用得最廣的名句，帶著深邃的情感暗示和堅定的追尋意志，只要遇到「想完成而未完成」的人、事、物，都很適合引用喔！

蟲飛薨薨，甘與子同夢。

〈齊風・雞鳴〉

好想和你再睡一會，一起作個美麗的夢，可是……哎呀！這討厭的「蟲飛薨薨」代表所有想得到或想不到的干擾，在順順走來的人生，隨時讓我們停下來。

世界上最恐怖的，就是這個「BUT」！這句話，有時代表堅定的決心；有時又用來讓我們自我解嘲，找出「轉彎」的理由和方向。

呦呦鹿鳴，食野之苹。我有嘉賓，鼓瑟吹笙。

〈小雅·鹿鳴〉

鹿群呦呦如歌，輕輕穿過草原，大夥相互呼喚著，食物、音樂、朋友……這美麗的原野，有現實生活裡的飲饌滿足，也有精神世界裡的自由徜徉。

這句話充滿生機，洋溢著無限可能，代表著並肩的成長、美好的嚮往和相互尊重的生活。有一些學習環境或圖書館，喜歡套用「呦呦鹿鳴」做招牌、匾額或碑刻；也有一些有機甜品或餐廳，喜歡引用「食野之苹」做店名；優雅盛情的「我有嘉賓，鼓瑟吹笙」，也常成為文創事業的象徵。

昔我往矣，楊柳依依；今我來思，雨雪霏霏。

〈小雅．采薇〉

當年出征，意興風發，如楊柳隨風飄曳；現在回歸，雨雪紛飛，所有的青春飛揚都被大雪覆蓋。

這句話，是《詩經》最深邃、也最多層次的名句。所有的歡愛和理想，執著和努力，隨著大大小小的意外，以及不斷老去的萬般哀歡，最後發現，生活最大的考驗，不是挫折和失敗，而是「流光」，歲月讓我們不得不放手，無所求，也無能再求。如果這就是人生的真相，我們應該要珍惜當下，還是隨波逐流？或是，無論如何都要更努力呢？

美麗的植物園

走過熟悉的「成語殿堂」、活用深邃的「名句創作坊」，最後，一定要再逛一逛美麗的「詩經植物園」。穿越寬闊的天地，和雄偉的大樹、搖曳的小草、美麗的小花，呼吸共振，認識那些孕養我們真實生活，陪伴我們走過精神困厄的每一株水草、每一種野菜，這才算完成了《詩經》旅程。

野菜類

荇菜
〈周南．關雎〉

荇菜，如今我們稱為莕菜。莕菜的花是金黃色的，常生長在水澤處，葉片浮在水面上，生態習性似荷花，因此又稱為「水荷」。莕菜的莖葉都很柔軟、滑嫩，皆可食用，古時候會加在粥裡，也有人會當下酒菜，配著酒吃。

薇
〈小雅．采薇〉

薇就是當今的野碗豆，花是紫紅色的，生長於中海拔的河灘與灌木叢下。野碗豆莖葉軟嫩，可以單獨當蔬菜吃，也可以入羹湯；

種子則可以炒食。《史記・伯夷傳》提到伯夷「隱於首陽山，採薇而食」，這裡的「薇」就是野碗豆。後來，我們也用「採薇」比喻隱居。

莪ㄜˊ

〈小雅・蓼莪〉

《本草綱目》裡稱「抱娘蒿」，當今則多叫播娘蒿。播娘蒿的葉子細碎，像針一樣，是一年生草本植物。莖葉軟嫩，可以生吃或是蒸熟吃，味道清新，有點像是簍蒿，在中國西北、華北地區，仍是常食用的野菜，有時也會包在水餃餡裡面。如果莖長得老了，可以連根拔起，曬乾當薪材。

藥用植物類

艾ㄞˋ

〈王風．采葛〉

艾草香氣濃郁，有很強的抗菌作用，自古以來就是重要的中藥材，可用來治百病：或煎湯、入丸、入散、搗汁內服，或製成艾條薰炙，或煎水薰洗、炒熱溫燙；用來止傷血，治下痢、盜汗不止、頭風、面瘡等，也可殺蛔蟲，醫療功用之多，也被稱做「醫草」。農曆正月生的艾草，根芽可以生吃，滋味香，口感清脆。幼嫩的艾葉洗淨、切碎後，用水煮熟，搓爛、榨汁，再與糯米粉調和，就是臺灣民間常吃的「青草粿」。

果樹類

棘ㄐㄧˊ 〈邶風・凱風〉

現今稱為酸棗，莖上有許多刺，花葉小，果實味道酸。《本草綱目》上記載，酸棗果實（酸棗仁）可以治失眠，也就是古時候的安眠藥。《詩經》時代以前，較常當水果食用，漢代以後，才被廣泛用為藥材。

桃ㄊㄠˊ 〈周南・桃夭〉

桃原產於中國，歷史悠久，栽培歷史超過三千年。桃由中國沿著絲綢之路傳入波斯、歐洲，又在十六世紀傳入美洲。桃木是民間自古流傳的辟邪用品，有人用桃枝編掃帚，有人做桃木弓，有人將桃枝插在門口，也有人把桃木煮成湯，四處潑灑。有些父母會用桃花幫小孩洗臉，希望小孩愈長愈漂亮。在漢唐以前，桃花一直是廣為人稱頌的植物；不過，宋朝以後，開始有人用桃花來代指娼妓，甚至有人稱桃為「妖客」。

衣飾類

葛（ㄍㄜˊ）

〈王風・采葛〉

在棉花引進之前，葛布是重要的夏服材料。葛藤生長快速，經常大面積分布。葛藤採割擱下來後，用火煮爛，再用清水洗乾淨，纖維就能用來編織衣物、鞋子。葛布製成的衣物，輕薄涼爽。此外，葛藤莖蔓也可編製箱子、籠子等用具。

日常器用植物類

楚 ㄔㄨˇ

〈周南・漢廣〉

楚又稱為黃荊，自古以來就是刑罰的象徵，比如廉頗負荊請罪，背負的就是黃「荊」。以前，貧窮的婦人會用黃荊枝條編成髮釵，叫做「荊釵」，因此古時候也謙稱妻子為「拙荊」。黃荊的木材黃白，有特殊香氣，保存期長，有抗白蟻的特性，很適合用來製作家具與生活器具。

祭祀類

蕭 ㄒㄧㄠ

〈王風・采葛〉

蕭又叫做牛尾蒿，有強烈香氣，是古時候的「蠟燭」，祭祀時也經常會把蕭跟黍、稷，聚集在一起燃燒，敬謝神明。內蒙古、甘肅、河南，甚至印度北部、不丹、尼泊爾，都有產蕭。

野生象徵類

蒹（ㄐㄧㄢ）

〈秦風・蒹葭〉

指荻草。荻草長得跟蘆葦很像，果穗、果實都是在秋天變白，且會在風中搖曳。不過荻的莖比較強脆，且是實心的，經常長在急流附近。荻莖富含纖維，可以當引火材料，也可以用來造紙。

葭（ㄐㄧㄚ）

〈秦風・蒹葭〉

同樣是蘆葦，初生的叫「葭」，開花前的叫「蘆」，花後結實的叫「葦」。蘆葦常生長在池邊、河岸沼澤地，是相當常見的高大禾草。莖比較細的蘆葦，稱為「蒹葭」，可以用來編織簾幕；莖比較粗的，稱為「葦席」，可以用來編織草蓆、屋牆；莖已經乾枯的，可以當做柴薪來燒；新葉則可以用來包粽子。用途非常多吧！

苹 ㄆㄧㄥˊ

〈小雅．鹿鳴〉

苹與萍不同，並非浮萍，而是生長在草地、山坡的山荻，是鹿所喜愛的食物之一。苹的末端長著白色小花，小花片片包裹，像蜂窩一樣；整株植物覆滿棉毛，呈現白色或灰白色，棉毛可以保護植物不受凍，並減少強風吹襲下的水分蒸發。

蒿 ㄏㄠ

〈小雅．鹿鳴〉、〈小雅．蓼莪〉

蒿的莖、葉都是深青色，所以又稱青蒿，如果把枝葉摘下來，在掌心揉一揉，就會聞到非常香的味道。要小心的是，這裡的青蒿並不是中藥所說的青蒿，中藥的青蒿其實是黃花蒿，氣味又辛又臭，綽號是「臭蒿」！與《詩經》裡的香香的「蒿」是非常不一樣的。

蔚 ㄨㄟˋ

〈小雅．蓼莪〉

蔚的嫩葉可以食用，不過味道比較苦，所以古人並不愛吃，卻是鹿喜歡的食物。蔚又稱牡蒿，用途並不大，常被古人認為是「無用的植物」。

279　當《詩經》遇見現代生活

國家圖書館出版品預行編目（CIP）資料

有了詩就不一樣：來讀《詩經》吧！／黃秋芳作. --
初版. -- 新北市：字畝文化出版：遠足文化事業股份
有限公司發行, 2022.1
288面；　14.8×21公分
ISBN 978-986-0784-96-1（平裝）
1. 詩經 2. 通俗作品
831.1　　110016814

XBSY0042
有了詩就不一樣：來讀《詩經》吧！

作　　者：黃秋芳

字畝文化創意有限公司
社　　長：馮季眉
責任編輯：陳曉慈
編　　輯：戴鈺娟、陳心方、巫佳蓮
美術與封面設計：Bianco Tsai
美編排版：張簡至真

讀書共和國出版集團
社　　長：郭重興｜發行人兼出版總監：曾大福
業務平臺總經理：李雪麗｜業務平臺副總經理：李復民
實體通路協理：林詩富｜網路暨海外通路協理：張鑫峰｜特販通路協理：陳綺瑩
印務協理：江域平｜印務主任：李孟儒

發　　行：遠足文化事業股份有限公司
地　　址：231新北市新店區民權路108-2號9樓
電　　話：(02)2218-1417
傳　　真：(02)8667-1065
電子信箱：service@bookrep.com.tw
網　　址：www.bookrep.com.tw

法律顧問：華洋法律事務所　蘇文生律師
印　　製：中原造像股份有限公司

2022年1月　初版一刷　　2022年3月　初版二刷　　定價：350元
ISBN：978-986-0784-96-1　　書號｜XBSY0042